1 + 1 + 1... =

la somme des pratiques qui vont engager notre pays dans des changements réels + l'addition des citoyens qui redonneront le pouvoir d'agir aux politiques + le total de ce que chacun peut faire tout de suite pour enrayer la montée des extrémismes.

DU MÊME AUTEUR

Aux Éditions Gallimard

BILLE EN TÊTE, *roman* (prix du Premier Roman 1986) ; Folio n°1
LE ZÈBRE, *roman* (prix Fémina, 1988) ; Folio n° 2185.
LE PETIT SAUVAGE, *roman* ; Folio n° 2652.
L'ÎLE DES GAUCHERS, *roman* ; Folio n° 2912.
LE ZUBIAL, *roman* ; Folio n° 3206.
AUTOBIOGRAPHIE D'UN AMOUR, *roman* ; Folio n° 3523.
MADEMOISELLE LIBERTÉ, *roman*.

Aux Éditions Gallimard Jeunesse

CYBERMAMAN.

Aux Éditions Flammarion

FANFAN, *roman* ; Folio n° 2373.

ALEXANDRE JARDIN

1 + 1 + 1...

*Pour ceux qui vont à nouveau croire
à la politique*

BERNARD GRASSET
PARIS

Tous droits de traduction, de reproduction et d'adaptation
réservés pour tous pays

© *Alexandre Jardin et les Éditions Grasset & Fasquelle, 2002*

Ne vous demandez pas ce que votre pays peut faire pour vous, mais demandez-vous plutôt ce que vous pouvez faire pour lui.

JOHN F. KENNEDY,
20 janvier 1961.

Avant-propos

Je tiens l'amour en haute estime. Mais ce livre n'a pas pour auteur l'homme qui a écrit *le Zèbre, le Zubial, l'Ile des Gauchers, Fanfan* ou *Mademoiselle Liberté*. C'est l'autre face de moi qui signe ces pages : l'écrivain qui, depuis trois ans, s'est engagé d'une façon très particulière pour tenter de remédier, modestement, à ce qui détraque la vie de son pays.

Lors d'une soirée électorale, en 1997, je me trouvais seul devant la télévision. L'extrême droite débordait de son lit naturel ; c'était à l'époque où personne n'imaginait encore que le Front national accéderait un jour au deuxième tour d'une élection présidentielle. Les candidats de Le Pen se posaient déjà en arbitres d'élections triangulaires. L'extrême gauche déraisonnable enflait également et vomissait des colères populaires. La somme de ces prurits devint brutalement ma hantise. Si tant de gens votaient pour des candidats barjos ou qui puaient la haine, ce n'était pas par vice ; mais bien par désespérance, parce qu'ils n'étaient pas entendus. Or l'Histoire montre que si l'on ne règle pas les difficultés qui démangent un peuple, celui-ci finit par s'abandonner à n'importe qui. La souffrance et les dissensions civiles mènent parfois au pire. Et surtout à l'imprévisible. Les manuels d'Histoire sont là pour nous rappeler qu'il n'arrive dans la vie d'une nation que des événements assez improbables, suscités par des engrenages irrationnels que personne ne contrôle.

J'étais donc devant ma télé, et je me suis dit en regardant un échantillon d'élus satisfaits : « *Les cons, ils sont impuissants, tout le monde le sait sauf eux !* » En désespoir de cause à servir, refusant tout *à-quoi-bonisme,* j'ai eu envie de faire ce que je pouvais pour aider l'Etat, afin de redonner un peu de pouvoir à la classe politique ; car il faut qu'ils en aient. Je parle ici du véritable *pouvoir*, celui de régler effectivement ce qui paraît intolérable à un peuple, pas celui de nommer des ambitieux ou de faire voter des lois peu appliquées.

Ce soir-là, j'ai donc décidé de m'engager, de faire de la politique sans me faire élire. Pourquoi ? Parce que je crois qu'un ministre est un type — ou une femme — ligoté par un système qui rend marginale son action sur le réel. Certes, il s'agite, dépense des crédits avec ardeur, tente de matérialiser des enthousiasmes, signe sans répit du courrier, postillonne des déclarations à la presse, éructe lors d'arbitrages difficiles, obtient parfois l'extase d'un journal de vingt heures ; mais pour quel résultat dans votre quartier ? Tous les piétons qui circulent en France sentent bien cette impotence, même s'ils continuent à voter en espérant, chaque fois, que le gouvernement finira par commettre quelques bonnes actions. Ce qui, bien sûr, arrive parfois, mais rarement. Chacun le sait, les politiques — souvent intègres, intelligents et dévoués — gouvernent à peine l'Etat, et encore moins la société. Avec les conséquences électorales que l'on sait. Or, moi, ce qui m'intéresse, c'est justement d'agir sur la réalité, de la guérir, pas de grignoter quelques pour cent ou de gravir les échelons de la vanité. La reconnaissance sociale, je m'en fous ; je l'ai déjà obtenue, à vingt ans, par mes livres.

Et puis, en m'engageant ainsi, de façon gratuite, j'ai pu observer que celui qui ne quémande rien pour lui-même est bien placé pour agir. On peut alors naviguer incognito en contournant les icebergs des conservatismes, réclamer tout à tout le monde sans être soupçonné de braconner un petit profit personnel. Si vous voulez initier une réforme réelle en France, il est aujourd'hui plus commode de ne pas être élu ou ministre de la République. Je le sais, j'en ai fait l'expérience. Il me paraît donc essentiel pour notre nation que des gens entrent en politique tout en restant hors du système. En clair, en refusant volontairement toute fonction élective et en affichant le désir, ou l'ambition, de ne pas accéder à un poste gouvernemental. Pas par vertu, non, mais par choix stratégique, afin de rendre service à ce pays avec plus d'efficacité. Ce qui reste quand même la finalité de l'action politique !

D'autres avant moi, illustres ou plus discrets, se sont engagés dans ce chemin différent. Mais je ne crois en leur sincérité que lorsque leur métier de base les contente vraiment. Nicolas Hulot a également décidé d'utiliser son indépendance comme un outil et sa notoriété comme un levier. Sa fondation et son *Comité de Veille Ecologique* se présentent comme des instruments complémentaires de la puissance publique. D'autres gens, parfois opposés, adoptent une stratégie similaire : certains mouvements anti-mondialisation, SOS-racisme qui reprend de la vigueur, etc. Je suis convaincu que de plus en plus de soldats civiques, de toutes sensibilités, surgiront dans les années à venir ; car aux âmes honnêtes, passionnées de solutions, l'action politique ordinaire semble désormais peu efficace.

Mais, me direz-vous, comment passer à l'acte sans plastronner dans une écharpe tricolore, en fuyant les titres officiels et sans disposer de l'illusion du pouvoir étatique ?

En appliquant tout de suite une méthode simple : faire participer les Français au règlement de leurs propres difficultés ; et en mettant en œuvre une tactique pour persuader — ou contraindre — nos élus de fonder leur action sur les *pratiques* innovantes des citoyens. Bref, il faut au préalable cesser de tout attendre d'un papa providentiel qui, dans le meilleur des cas, n'a pas grand-chose à distribuer. La méthode que je défends, nous avons déjà commencé à l'appliquer — mes compagnons et moi — au cours des trois dernières années. Quant à la tactique, je la dévoile dans le dernier chapitre. Elle est pragmatique et plutôt tonique. Vous aurez l'opportunité d'y participer vraiment, à la seule condition d'aimer la vie.

Ce livre de combat n'est donc pas un brûlot classique, une grosse colère supplémentaire, mais bien un élément d'une stratégie qui vise à redonner du pouvoir à nos élus légitimes qui en ont tellement besoin. La société me paraît mûre pour déclencher une véritable révolution des pratiques gouvernementales. Une révolution fondée sur la satisfaction d'entrer dans une démocratie efficace impliquant de façon concrète les citoyens. J'affirme ici que si cette révolution des méthodes n'a pas lieu, nous ne viendrons pas à bout de la montée des extrémismes.

Je ne conteste pas ici la gauche plus que la droite, nos deux hémiplégies. Malgré tout mon optimisme et ma fougue républicaine, je n'arrive pas à croire en une puissance publique démâtée par les corporatismes et dont l'action reste en partie fictive depuis des décennies. Mon désir est que, quel que soit le vainqueur des élections législatives, la nouvelle majorité parvienne, cette fois-ci, à passer à l'acte de façon non marginale. Aucun citoyen responsable ne peut vouloir autre chose. Les *fractures sociales* et les dysfonctionnements publics sont si effroyables dans leurs effets qu'il ne me paraît pas moralement décent que la France continue de tolérer une infirmité pareille.

Soyons sans équivoque : ce que je remets en cause, ce ne sont pas les hommes, ni leurs intentions, mais bien le mode d'action des gouvernements successifs — et, je le crains, à venir — qui, tous, ont tenté de bonne foi d'aider notre peuple. Et ont eu si peu d'influence réelle sur les dossiers qui nourrissent chaque jour la défiance envers les élus, voire l'hostilité qui est devenue le fond sonore de la vie citoyenne. *Homme politique* est désormais une injure, comme l'était le mot *comédien* au XVIIe siècle. Je souhaite que cela devienne une qualité, une affaire d'homme ou de femme passionnés par l'intelligence et la créativité de notre population. Pour détruire le Front National, nous sommes condamnés à refaire de notre Etat un outil efficace.

Mais pourquoi me suis-je lancé dans cette galère ? Moi, gavé de privilèges, dorloté par le destin.

1

Avant tout, il y a une douleur qui ne s'éteint pas : Jean Jardin, mon grand-père, fut directeur de cabinet de Pierre Laval, à Vichy. Certes, il eut certains courages que je n'aurai sans doute jamais, moi l'enfant d'une France tranquille. Et je sais — notamment par la biographie fouillée que lui a consacrée Pierre Assouline — qu'il ne fut pas un homme aux mains sales. En paraphrasant Machiavel — plus sagace que machiavélique —, je dirais qu'il fut de ceux qui, dans une Europe de cauchemar, tentèrent de sauver l'âme de la cité plutôt que la leur. Mais, en fréquentant le diable, n'a-t-il pas perdu les deux ? Ces deux mots associés, insoutenables à vivre, ne cessent de me poursuivre : Jardin-Vichy.

Après la guerre, la politique de l'ombre, la

vraie, devint le métier de Jean. Caractère fort, il tenait son pouvoir redoutable de lui-même. Jusqu'en 1976, il fut ce que l'on appelle une *éminence grise*, un de ces hommes muets, sans existence officielle, qui font les décisions réelles et remplissent les caisses des partis. Enfant, en Suisse, on ne se méfiait pas de moi, de mes incursions de gamin curieux. Je harcelais de questions sa secrétaire, la candide Zouzou :

— *A qui Grand-Père distribue les valises pleines de billets dont tu m'as parlé ?*
— *Aux hommes politiques, mon chéri, ils en ont besoin.*
— *Lesquels ?*
— *Tous.*
— *Grand-Père donne de l'argent à la gauche ?*
— *Oui.*
— *Mais il est à droite, non ?*
— *De droite, on dit de droite, mais arrête de me poser des questions, tout ça ne nous concerne pas.*
— *Qui lui donne les billets ?*
— *Les grands patrons, allez viens goûter !*

A neuf ans, je me faisais déjà une curieuse idée de la politique. Je savais que le frère d'un des candidats à la Présidence — presque un clone de l'autre ! — venait chercher de l'argent chez mon grand-père. Zouzou m'avait également raconté par le menu comment se passaient les rendez-vous avec les premiers personnages de l'Etat qui bénéficiaient de ces largesses : on devisait d'abord de généralités, entre gens chics, lettrés ; on ne disait pas *par ici l'oseille !* Question d'éducation. Puis chacun jugeait vulgaire de recompter les liasses de billets ; ça ne se faisait pas, affirmait Zouzou. Il fallait laisser la valise avec naturel, voire un rien de distinction.

Neuf ans, c'est un peu tôt. Alors, naturellement, il m'est resté une méfiance instinctive devant ces gens qui serraient la main de mon aïeul. Tout de suite, j'ai su que ce théâtre comportait des coulisses qui constituaient la véritable scène. Chez les Jardin, personne ne croyait à la façade du pouvoir. Forcément, Jean finançait tout le monde !

Du côté de ma mère, chez les Sauvage, on évoquait avec émotion un personnage qui fut l'un des fondateurs de la SFIO, l'ancêtre du parti socialiste : Philippe Landrieu, le grand-père de ma mère. Quand Jaurès fut tué, au café du Croissant, Landrieu déjeunait avec lui. Il reçut la première balle qui lui déchira la joue. La guerre éclata. Ce militant pacifiste — titulaire d'une chaire de chimie au Collège de France — eut alors le désagrément de voir ses brevets d'explosifs détournés par l'industrie de l'armement. Des années de recherche explosèrent dans les tranchées de la Somme ; alors que ses travaux étaient destinés à sauver des vies humaines dans les mines de charbon !

Toute mon adolescence, j'ai entendu la sœur de ma grand-mère qui se remémorait les comités de rédaction du journal *L'Humanité*, avant 1914. Elle me racontait avec force détails des soirées où Lénine trinquait avec le jeune Mussolini, entre exilés qui croupissaient à Paris, capitale des pourchassés. Mon arrière-grand-père fréquentait donc ces traîne-savates qui n'avaient pas encore rendez-vous avec leur destinée, appuyait le pacifisme du grand Jaurès. Quelques années plus tôt, Landrieu avait vendu sa part d'héritage dans les Grands Magasins du Havre pour en faire don à la naissante SFIO. Ce méli-mélo d'individus proches, puis furieusement opposés, me laissait pantois :

— *Mais enfin,* m'exclamai-je, *ce n'est pas possible que Mussolini ait passé des soirées avec Lénine et Jaurès !*

— *Pourquoi ?* s'étonnait-elle. *Tout ce petit monde de gauche se fréquentait.*
— *Le fascisme et le bolchevisme à la même table, ça fait désordre...*
— *En tout cas ils couraient derrière les mêmes jupons... Bénito et Lénine se sont un jour accrochés au sujet d'une petite, comment s'appelait-elle ?*
— *Ne dis pas Bénito, ça me dérange vraiment !*

Ces évocations achevaient de brouiller ma perception de la politique... Que Mussolini et Lénine eussent passé des nuits entre les cuisses laiteuses de la même gourgandine, que Grand-Père, lecteur assidu de Maurras, ex-bras droit de Pierre Laval, ait financé sans états d'âme le Programme commun de la gauche dérangeait mes jeunes certitudes. A la maison, la vérité n'était jamais celle du journal, rarement en accord avec ce que racontaient les manuels d'Histoire.

— *Mais enfin,* tonnai-je à dix-sept ans en m'adressant à un ex-espion soviétique, stalinien sincère et ami intime de Jean Jardin, *les Gaullistes et Vichy ça n'avait rien à voir, tout de même !*

L'homme replia sagement la *Pravda* — qu'il traduisait tous les matins à mon grand-père — et me répliqua :

— *Tu sais qui, en 1943, a fourni un avion à Couve de Murville, le futur ministre des Affaires étrangères puis Premier ministre de De Gaulle, pour qu'il rejoigne Alger ? Le directeur de cabinet de Pierre Laval... ton grand-père, mon plus bel ami !*

— Mais enfin, ça ne le dérangeait pas que tu sois communiste ?

— *Ne sois pas vulgaire, Alexandre... Que vas-tu faire l'année prochaine ?*

— Sciences Po, peut-être.

— *Pourquoi ?* reprit-il consterné.

— Pour faire de la politique.

— *Tu ne préférerais pas plutôt entrer dans une école de Renseignement ? C'est une excellente formation de base, pour la suite...*

— Je ne veux pas être espion !

— *Alexandre, ne sois pas vulgaire...*

Tout ce que j'entendis dans ma famille était toujours de ce tonneau-là. J'ai donc grandi dans l'idée que les affaires importantes de ce monde se traitaient entre gens d'influence, dans un monde étroit où les personnages les plus antagonistes en public se côtoient avec naturel. Ce jeu-là a toujours froissé mon besoin de vérité, ma candeur diront certains ; que je ne cesserai jamais de cultiver. Si le cynisme est efficace, il ne me paraît pas créateur.

Mes lectures d'adolescent me jetaient dans le sillage d'êtres entiers qui, tous, avaient su parler à la partie haute des êtres. Je me délectais en avalant les biographies de Frédéric de Hohenstaufen, du Mahatma Gandhi, de Nelson Mandela, de Lyautey, du singulier Pierre Mendès France. J'aimais ces êtres déraisonnables, ces gens de foi qui avaient osé parier sur le meilleur de l'homme, essayer un art politique nouveau. La classe politique courante, si éloignée de toute logique créatrice, me laissait indifférent. Comment rêver de René Coty ou de Giscard d'Estaing ? Ceux qui ne savent que ce qu'ils ont appris m'ont toujours fait bâiller.

En France, ma plus forte émotion politique reste attachée au mouvement de la Résistance, celui de ces gens obscurs qui, communistes ou lecteurs du *Figaro*, firent modestement ce que leur morale leur dictait. Rien ne m'émeut davantage que les moments de l'Histoire où les êtres se prennent comme point d'appui, assument le pouvoir que tout individu a sur la vie, à la place qui est la sienne. Sans doute est-ce pour cela que je me sens aujourd'hui si proche des militants associatifs : ils ne laissent pas aux autres le soin de gouverner le réel.

Et puis, cette forme d'engagement a l'immense avantage de fédérer des hommes et des femmes de foi. Qu'elle soit laïque, libérale, antiraciste, de gauche ou chrétienne. Parfois, en me battant aux côtés des militants de la Ligue de l'Enseignement, j'ai eu le sentiment d'œuvrer avec des gens de la famille des militants sincères du parti communiste de l'après-guerre. Ils croient en l'éducation populaire, en une certaine idée de la fraternité, et agissent. Sont-ils si différents des irréguliers qui s'aventurèrent dans la France Libre ? Je me fiche de la couleur du bulletin de vote de tous ces engagés, mais dès qu'un homme — ou une femme — manifeste par ses initiatives sa responsabilité de citoyen, je le trouve beau. Voilà mon bord politique : celui des Républicains sincères qui participent en passant à l'acte.

Mais comment notre façon totalement désintéressée de faire de la politique a-t-elle débuté ?

2

Nous sommes en 1998, quelques semaines après le décès de ma tranquillité : l'extrême droite vient de faire souffler un vent sale sur notre vie politique. Dans mon salon se pressent la trentaine de zèbres, démocrates jusqu'au bout des ongles, qui vont fonder le *Relais Civique*. Si un passant avait écouté à la porte, il nous aurait pris pour un club de cinglés. Les gens que j'ai réunis adhèrent tous à une idée : faire participer les citoyens à la résolution de leurs emmerdes. Comment ? En repérant des initiatives locales qui ont fait leurs preuves pour résoudre un échec inadmissible de notre société ; puis, sans craindre l'adversité, nous tenterons de bâtir une extension nationale — mais oui ! — en fédérant les forces nécessaires. La France est grande ?

Peu importe, au diable les tracasseries matérielles, nous sommes ici pour triompher là où tout le monde a raté ! A quels problèmes de société allons-nous nous attaquer ? Tous ! Je vous le disais, nous étions une bande de gens déraisonnables, absolument inconscients, de la graine d'utopistes... On commence par quoi ? Par le commencement, la base : l'échec scolaire, les 15 % d'enfants — soit 100 000 mal-partis — qui entrent chaque année en sixième sans savoir lire correctement. Aucun naufrage collectif ne nous paraissait hors de portée. Je le répète : si quelqu'un nous avait observés par le trou de la serrure, il nous aurait tous fait interner sans délai !

Trois ans plus tard — et après les efforts de tant de gens ! —, notre premier programme, *Lire et Faire Lire*, fonctionne dans quatre-vingt-sept départements. Plus de cinq mille bénévoles retraités interviennent chaque semaine pour transmettre le plaisir de la lecture et contribuer ainsi à mener des enfants vers la réussite. Trois mille écoles participent à ce système grâce à la ténacité des militants de la Ligue Française de l'Enseignement et de l'UNAF (les Associations Familiales) que nous avons mariés pour appliquer cette idée sur tout le territoire. Le financement de la structure centrale est venu, au début, de robinets essentiellement privés : France Telecom et Picard Surgelés, aujourd'hui remplacé par les magasins TATI, de façon très innovante. Les bureaux locaux, eux, sont assumés par les Fédérations des Œuvres Laïques et les UDAF. L'Education nationale joue le jeu. Nous lui avons parfois un peu forcé la main ; mais aujourd'hui, les inspecteurs d'Académie sont souvent nos meilleurs militants. Toute la société participe à cette aventure civique qui parie sur le lien intergénérationnel : les bénévoles qui redécouvrent ce que le mot *citoyen* peut avoir de chaleureux, des entreprises conscientes de leur rôle social, de grandes centrales associatives, les professionnels de l'enseignement, leurs représentants et l'Administration qui, pour une fois, a vraiment accepté de coopérer avec la rue.

L'idée à l'origine de *Lire et Faire Lire* vient de François de Closets. Il y a longtemps, cet animal fécond avait vainement tenté de monter une émission de télé pour favoriser le lien entre les générations. Mais *Lire et Faire Lire* s'appuie surtout sur une expérience magnifique menée à Brest. Pendant quinze ans, des retraités bretons sont venus se faire plaisir en lisant des histoires à des petits groupes de trois ou quatre enfants. Cette pratique conviviale et simple — donc reproductible — a montré une surprenante efficacité pour diminuer l'échec scolaire : elle a créé une habitude de lecture-plaisir qui favorise le succès à l'école. Toute la méthode du *Relais Civique* est là : identifier des pratiques bonnes pour notre société, simples et peu onéreuses ; puis réunir dare-dare des partenaires pour les étendre. Enfin, assurer le déminage politico-administratif ; ce qui est assez rocambolesque et souvent cocasse. Tous nos interlocuteurs — élus et autres petits chefs — ont quelque chose à perdre, nous rien. Ça rend très libre, voire carrément incontrôlable, de ne rien demander pour soi ! Nous agissons par envie, pour mener une vie qui ait du sens en faisant de la politique avec fierté.

Mais le voyage vers ce premier succès ne fut pas sans castagne...

3

Au départ, ce fut pourtant grisant. Découvrir l'esprit d'invention des Français me soigne de mon pessimisme latent. Le jour où j'ai débarqué pour la première fois à Brest, avec mon ami d'enfance Pascal Guénée, nous avions vaguement entendu parler de l'ORB (Office des Retraités de Brest) et de son engagement dans une dizaine d'écoles primaires de l'agglomération. Un membre du *Relais Civique* nous avait refilé ce tuyau armoricain.

Entre Pascal et moi, la complicité est entière. Lui comme moi n'avons jamais oublié nos engagements d'adolescents. A quinze ans, en classe de seconde, nous avions créé avec quelques copains des ateliers pour tenter de comprendre la société. A seize ans, en 1981, nous avions pris rendez-vous très sérieusement au ministère de l'Education pour évoquer nos projets de réforme. Le directeur de cabinet d'Alain Savary nous avait écoutés poliment, avec surprise, et éconduits. Mes premiers écrits furent des Constitutions ; ceux de Pascal des *rapports* sur ce qui lui paraissait innovant, avant-gardiste, inattendu. Il est devenu journaliste, moi écrivain.

Daniel Juif, le directeur de l'ORB, nous accueille, rieur, percutant, méfiant aussi. Qu'est-ce que ces deux Parisiens sont venus faire dans le Finistère ? Ma petite aura médiatique n'inspire pas nécessairement confiance à ces gens de terrain. Autour de Daniel Juif, des bénévoles, les piliers du système local, des retraités solides : Lucienne, Sébastien et les autres. Très vite, ils nous tendent un rapport de l'Université de Bretagne faisant état des résultats qu'ils ont obtenus, à force de se faire plaisir en lisant des histoires aux enfants. Nous restons ahuris par le bilan : l'échec scolaire reflue, l'emprunt dans les bibliothèques des écoles se développe, les enseignants y trouvent leur compte, les enfants issus de l'immigration nouent des liens très forts avec des papys et des mamies pur beurre, l'image des retraités dans les quartiers concernés change du tout au tout.

La rencontre est très désinvolte. Ces gens ont l'air ravis de ce qu'ils font. Non seulement ils soignent la société gratuitement, réintègrent dans la vie de quartier ceux que l'économie disqualifie sans états d'âme après cinquante ans, mais en plus ils sont de bonne humeur ! Coût de tout cela ? Quasi nul ! Quelques miettes. Alors que l'Education nationale, écrasée par une société devenue folle, pompe des milliards en tolérant que 15 % d'enfants entrent en sixième sans savoir lire correctement... Le chiffre n'a peut-être pas empiré ; mais ce qu'il signifie s'est évidemment aggravé. Aujourd'hui, il n'y a plus du tout de travail pour ceux qui ne maîtrisent pas l'écrit. Il y a trente ans, ces derniers pouvaient encore s'en sortir à peu près. Désormais, ce handicap garantit l'exclusion durable. On ne peut donc plus garantir la cohésion nationale avec un pourcentage pareil.

Nous les écoutons et je me dis *nom de Dieu, ce système brestois doit être appliqué partout en France !* Ce qu'il y a de passionnant lorsqu'on étudie une pratique, c'est que les gens se montrent tout de suite très précis sur ce qu'il convient de faire ou ne pas faire :

— Soyez très prudents sur un point : respectez bien la place de chacun. Les bénévoles ne doivent surtout pas marcher sur les plates-bandes des instituteurs, sinon ça échouera. La plupart de nos échecs ont été dus à cela.
— Vous commencez cette activité dans le temps scolaire ?
— Malheureux, non ! Hors temps scolaire, sinon vous aurez l'Inspection d'Académie sur le dos... Attendez que les enseignants réclament eux-mêmes l'entrée de cette activité dans le temps scolaire. Soyez patients...

Les recommandations de ce type nourriront la charte de *Lire et Faire Lire*, sorte de règle du jeu qui synthétise l'expérience des Brestois. Pourquoi réinventer ce qu'ils ont déjà vérifié ou écarté ?

A la fin du premier entretien, j'entends encore la voix inquiète de l'un des pionniers bretons :

— Sérieusement, vous voulez étendre ça à toute la France ?
— Oui, répond Pascal, sans le moindre petit doute.

— *Vous savez, l'Education nationale est difficile à bouger...*
— *N'allez pas trop vite,* reprend Daniel Juif, un peu troublé.

Avec une totale inconscience, nous brûlerons les étapes. Pascal Guénée sera l'architecte de l'extension nationale, du mariage entre la Ligue de l'Enseignement et l'UNAF. Naturellement, il assumera les fonctions de premier président bénévole de *Lire et Faire Lire* ; car il possède au plus haut point les talents d'organisateur qui me font défaut, ce sens du réel qui permet de rêver avec efficacité. Tout aussi naturellement, il se démettra de ses fonctions en janvier 2002, lorsque notre association aura atteint un développement national, avec ces mots simples :

— *Je n'ai pas entrepris tout ça pour prendre le pouvoir mais pour le rendre à notre société. Il est temps pour moi de passer à un autre projet.*

Tout l'esprit du *Relais Civique* est là : donner du pouvoir, au lieu de commettre l'ânerie de se l'approprier. Pourquoi les politiques ne comprennent-ils pas que l'essence du pouvoir véritable est d'en distribuer, et non de s'en réserver l'exercice jaloux ?

Mais nous n'en sommes encore qu'au début de l'aventure de *Lire et Faire Lire*. Les emmerdes ne vont pas tarder à rappliquer.

4

— *Je ne crois pas en votre projet*, me répond sèchement le patron de l'Enseignement catholique. *Jamais nos établissements ne coopéreront avec la Ligue, mouvement laïque ! Vous imaginez nos établissements, en Vendée, téléphoner à la FOL du coin ?*
— *Non, mais à l'UDAF (les Associations Familiales), oui.*

Suit une longue liste d'objections, de remarques frileuses, qui puent le XIXe siècle le plus moisi, le plus clérical, toujours vivant dans l'esprit de mon interlocuteur qui n'est pas loin de me prendre pour une taupe de la franc-maçonnerie. Visiblement, il ne croit pas en la gratuité de mon engagement. L'homme de bonne volonté qui m'a ménagé ce rendez-vous — Monseigneur Di Falco — s'enfonce dans son siège, mal à l'aise. Ardent défenseur de notre projet, généreux, il ne s'attendait pas à ce que je rencontre une telle animosité. Di Falco pensait que les catholiques devaient naturellement s'impliquer dans cette croisade, aux côtés des mouvements laïques. A la fin, j'explose :

— *Je suis très choqué, monsieur, par votre attitude. Je croyais qu'il subsistait dans votre enseignement un reste de christianisme...*

— *Si vous le prenez sur ce ton, monsieur Jardin...*

— *Oui, parfaitement ! Quel est le pourcentage d'enfants qui, chez vous, entrent en sixième sans maîtriser l'écrit ?*

— *Environ dix pour cent.*

— *Eh bien, nous allons lever des troupes pour leur venir en aide ! Vous ne voulez pas participer à ce grand projet qui pourrait être commun au privé et au public ?*

— *Sans doute serait-il plus prudent, dans un premier temps, de consulter des spécialistes. En l'état, comme ça, nous ne pouvons pas participer.*

— *Vous commettez une erreur : vous serez débordé par votre base. Vous verrez que vos chefs d'établissements, qui ont une conscience, nous rejoindront!*

Di Falco, cramoisi, s'interpose pour éviter le pugilat. En sortant, il m'offrira son appui dans les médias chrétiens; et il tiendra sa promesse. Par la suite, les écoles confessionnelles entreront effectivement dans notre dispositif, sans que leur hiérarchie les y ait incitées.

Rue de Grenelle, au siège du *Mammouth*, l'accueil sera beaucoup plus enthousiaste. Nous tombons sur une dénommée Sophie Boucher-Petersen, du cabinet de Ségolène Royal. Tout de suite, cette femme hors norme, un brin excentrique, comprend l'intérêt de notre démarche. C'est elle qui fera signer au ministre un document qui paraîtra dans le *Bulletin Officiel* de l'Education nationale. Ce texte est très favorable à l'implantation de *Lire et Faire Lire* dans les écoles françaises. Mais Ségolène Royal sera bientôt remplacée par Jack Lang. Au début, j'ai cru que ce serait une bonne chose. Monique Lang, la femme de Jack, m'avait toujours assuré que son époux voyait notre aventure d'un bon œil. Elle m'a même arrangé un rendez-vous avec le directeur adjoint du cabinet de Lang, une huile de la rue de Grenelle.

— *Que puis-je pour vous ?* me lance-t-il.
— *Le texte signé par Ségolène Royal est bien, mais personne ne lit le* Bulletin Officiel *dans l'Education nationale ! Nous voudrions rencontrer les recteurs pour qu'ils nous soutiennent sur le terrain. Les écoles ne s'ouvrent pas assez vite à notre dispositif.*
— *C'est impossible,* me répond l'animal de cabinet, coriace.
— *Pourquoi ?*
— *Jamais un dirigeant associatif n'a eu accès à l'assemblée des recteurs. Vous n'êtes pas ministre, vous n'avez pas à utiliser l'administration de la France. Néanmoins, je vous souhaite bonne chance dans vos efforts !*
— *Et moi je vous prie de changer d'avis avant que l'on vous y contraigne.*

L'ambiance se tend brusquement.
Il reprend l'offensive :

— *Ecoutez, monsieur Jardin, je vais être clair : si j'avais été dans le cabinet de Madame Royal, jamais je ne l'aurais laissée signer le document qui a été publié au BO. Nous n'avons pas à favoriser telle ou telle association.*

— *Moi aussi je vais être clair : je suis très choqué. Vous n'avez pas le droit de confisquer l'administration de la France avec tant de bonne conscience. Il y a dans ce pays trop d'enfants qui entrent en sixième sans savoir lire. Nous avons monté une logistique énorme, avec la Ligue et l'UNAF, un comité de soutien de cent trente écrivains pour assurer la médiatisation, tout ça pour réduire ce chiffre effrayant, alors je me fiche de vos coutumes administratives. Quand la société civile se mobilise pour aider l'Etat, vous avez le devoir de la soutenir. J'ai besoin de voir les recteurs.*

— *Non.*

Nous nous quittons fraîchement.

Dans la rue, Pascal Guénée — vraiment pas content ! — et moi réfléchissons : comment contourner ce rond-de-cuir récalcitrant ? Dans l'heure, je m'arrange pour me faire inviter chez Drucker, le dimanche après-midi, afin d'évoquer *Lire et Faire Lire* ; puis, dans la foulée, je rappelle Monique Lang :

— *Allô ? C'est Alexandre Jardin. Oui, le collaborateur de votre mari nous a éconduits poliment. C'est embêtant, parce que je vais chez Drucker dans quinze jours, et je ne sais pas trop ce que je vais raconter... Ce serait dommage que je dise la vérité !*
— *Quelle vérité ?*
— *Que l'administration de votre mari met des bâtons dans les roues du mouvement des écrivains qui se bat pour promouvoir le plaisir de la lecture.*
— *Vous savez très bien que Jack vous soutient.*
— *Son directeur adjoint de cabinet n'avait pas l'air de cet avis, tout à l'heure...*
— *C'est un affreux malentendu. Qu'est-ce que vous lui avez demandé ?*
— *Une rencontre avec les recteurs, pour les mobiliser.*
— *C'est tout ?*
— *Oui.*
— *Pas de subvention ?*
— *Non, nous sommes là pour aider l'Institution, pas l'inverse. Mais pour ce qui est des recteurs, il paraît que ça ne se fait pas.*

— *Donnez-moi votre numéro de portable, je vous rappelle.*

Le mardi suivant, par la grâce conjuguée de la télévision et de Madame Lang, je déjeune avec les recteurs. A l'entrée du Ministère, c'est le directeur adjoint du cabinet qui m'accueille. Je me raidis. Va-t-il me coller une claque ? Non, au contraire :

— *C'était une excellente idée, ce déjeuner,* me lance-t-il avec entrain. *De cette façon, la rencontre reste informelle. Excellente idée !*

Ahuri, je dévisage l'individu ; jamais encore je n'avais vu quelqu'un avaler son chapeau avec autant de naturel ! Décidément, la vie administrative obéit à des règles qui me hérissent le poil. Bien entendu, les recteurs réagiront favorablement à mes propos :

— *Nous pensons que l'échec scolaire n'est pas celui de l'école mais bien celui de la société tout entière. Alors nous nous sommes dit qu'il n'était pas raisonnable de continuer à demander aux profs de réparer tout seuls, à mains nues, toute la société. Aucun enseignant n'a jamais rêvé d'être muté dans un ghetto, que cin-*

quante chaînes de télé détournent les enfants de la lecture, que les familles monoparentales deviennent la norme, et j'en passe. Il nous a paru juste que la société se mette à aider l'école au lieu de l'enfoncer perpétuellement.

Ils acquiescent.

Ce sont même les recteurs qui vont insister pour que je puisse m'adresser sans délai à l'assemblée des inspecteurs d'Académie qui se réunit à Paris un mois plus tard. Au cours de ce déjeuner, je fais la connaissance d'un homme fin, vivant, excellent stratège, qui, je le découvrirai plus tard, est le véritable homme fort de l'Education nationale, celui qui règne sur le contenu de la scolarité : le directeur de l'Enseignement scolaire, M. de Gaudemar. Grâce à cet homme de la continuité — les ministres passent, lui reste — et à son équipe, l'appui du système nous sera acquis : *Lire et Faire Lire* va pouvoir se développer sans entraves.

La rencontre avec les inspecteurs d'Académie donnera l'impulsion décisive que les militants de la Ligue et de l'UNAF attendaient. Tout de suite, ces gens de terrain — les inspecteurs d'Académie — m'ont plu. Les Français ne le savent pas mais les cadres de notre système éducatif sont des caractères de grande valeur, qui n'ont rien à voir avec les caricatures du *Mammouth*. Ces hommes et ces femmes sont, globalement, de vrais leaders qui assument, sans broncher, des situations parfois « abracadabrantesques ». J'en ai rencontré personnellement une quarantaine en assurant des lancements départementaux de *Lire et Faire Lire*. La plupart d'entre eux sont résolument ouverts à l'innovation, incroyablement ambitieux pour notre République et souples dans leur gestion d'une machine très compliquée. Bref, ces préfets de l'Education nationale m'ont bluffé.

Pourquoi ai-je raconté ici la vérité du comportement des uns et des autres ? Parce que ce texte n'est pas un livre de réflexion mais bien un outil de combat, au même titre qu'une émission de télévision utilisée pour faire pression ; et je veux que tous les responsables qui auront affaire au *Relais Civique* sachent que nous aurons toujours un langage de transparence et de vérité. S'ils se conduisent bien, nous le ferons savoir ; l'inverse sera également vrai. Notre force tient au fait que nous défendons des programmes d'intérêt général qui, mis les uns au bout des autres, feront reculer le sentiment d'impuissance, donc l'extrémisme. N'espérant rien pour nous-mêmes, nous n'avons rien à perdre.

Personnage étonnant et complexe que celui de Jack Lang : à l'issue d'un entretien qui nous a réunis pour *Paris Match*, je l'ai vu minorer sans vergogne le pourcentage d'enfants qui ne savent pas lire convenablement en sixième. Pendant toute l'interview, il parlait de 15 % ; j'entends encore sa voix qui se trouve d'ailleurs fixée sur la cassette. En relisant le texte, la tête froide, Lang rayera par la suite sa réponse pour lancer le chiffre plus favorable de 10 %, campagne électorale oblige. Soit il ignorait le véritable pourcentage — ce qui est fâcheux pour un ministre de l'Education —, soit il y a entourloupe. Cela m'a choqué ; je ne dois pas être mûr pour faire de la politique. Mais, dans le même temps, cet homme formidable a tenu toutes ses promesses dans un délai record pour engager les Rectorats et les Inspections d'Académie à amplifier l'opération *Lire et Faire Lire*. Il est très rare qu'un politique montre une pareille diligence, une vraie fiabilité dans l'action. Les instructions qu'il a adressées aux recteurs m'ont fait chaud au cœur. A tout prendre, je préfère un politique qui passe à l'acte dans l'intérêt des enfants, avec enthousiasme, à un homme scrupuleux sur les chiffres.

Mais le *Relais Civique* ne se confond pas avec *Lire et Faire Lire*, qui n'est que notre premier enfant. Notre ambition touche à l'ensemble des maux qui désespèrent les gens de ce pays ; car la destruction du Front National demeure le point de départ de notre action. La délinquance juvénile restera donc notre obsession pendant longtemps encore. Chemin faisant, en testant des pratiques innovantes, nous avons découvert des dysfonctionnements publics dont nous ne soupçonnions pas la gravité.

5

Nous sommes en banlieue parisienne, à un quart d'heure des Champs-Elysées, très loin du monde normal : dans un tribunal français pour enfants. Une magistrate qui fait office de présidente me fait face. Sans malice, je l'interroge :

— *Madame, que faites-vous lorsqu'un mineur condamné à un Travail d'Intérêt Général refuse de le faire ?*
— *Rien*, répond-elle, impavide.

Croyant à une plaisanterie, je répète ma question :

— *Sérieusement, qu'est-ce que vous faites ?*
— *Rien... ou plutôt j'en tiens compte lors du jugement suivant.*

La réponse, ubuesque, me laisse sans voix. A l'entrée, il était pourtant écrit au-dessus de la porte « PALAIS DE JUSTICE ». Naïvement, je pensais que c'était un endroit où l'on ne rigolait pas. Je suis en train d'apprendre qu'en France, l'application des peines prononcées à l'encontre des mineurs est aléatoire, au bon vouloir des délinquants. On imagine les effets sur des adolescents pas franchement structurés ! Ils dérapent donc jusqu'à ce que leurs délits deviennent des crimes ; bref, on attend qu'il soit trop tard. Qui le sait, quel Républicain ose dire cette situation délirante, ce gâchis humain ?

Effaré, en bon démocrate, je me dis : « Pourvu que les Français n'apprennent jamais la vérité ! Ils vont tous virer fachos ! » Naturellement, la conversation dérape vers l'altercation. Je vitupère l'inconséquente — la présidente du tribunal —, exige de la justice un minimum de cohérence avec les jeunes. Ahurie d'être contestée — elle n'a pas dû croiser quelqu'un de normal dans son bureau depuis longtemps —, la magistrate se cabre, me met dehors. Cette dispute est le dernier acte d'une tentative d'expérimentation d'un programme du *Relais Civique* qui, plus tard, s'implantera en milieu carcéral sous le nom de *1 000 mots*.

Nous avions obtenu de cette juge qu'elle condamne un mineur très difficile, mais encore en liberté, à une heure de lecture à voix haute devant quatre bénévoles, dans le cadre d'un Travail d'Intérêt Général. L'objectif était d'aider ce jeune à enrichir son lexique. Il disposait d'environ trois cents termes communs avec nous ; ce qui, une fois les injures mises de côté, laisse très peu de mots pour discuter avec la société majoritaire. Nous espérions l'aider à franchir la barre des mille mots en lui faisant lire *Les Trois Mousquetaires*, et en remplissant avec lui un cahier de vocabulaire.

L'analyse qui sous-tend notre programme vient de Claude Bardon, un ancien directeur des Renseignements généraux. Elle est simple et repose sur des observations de policier : on sait qu'il existe une corrélation très forte entre le niveau du lexique d'un homme et les actes de violence qu'il commet. Moins un être humain possède de mots, plus il frappe dur. Bardon, lui, l'ancien grand flic, suggère donc d'apprendre des mots aux caïds par des moyens rudimentaires, afin que cette pratique soit reproductible à grande échelle. Son intuition me paraît géniale, révolutionnaire. Notre cible, ce sont donc les leaders des quartiers, les grandes gueules qui ont un effet d'entraînement sur ceux que les flics désignent sous le vocable de *bons petits*.

Notre premier *cobaye*, répond à ce profil. Dans les jardins Albert Kahn de Boulogne — gracieusement prêtés par la directrice —, nous lui expliquons que ce programme n'est pas conçu pour le cultiver ou le conduire vers l'honnêteté mais pour le rendre plus fort. Bardon et moi lui faisons bien sentir que la vraie force dans notre société est détenue par ceux qui dominent les mots. Ce discours a l'air de passer. L'adolescent accroche bien au début. La prose de Dumas le fait rire, la tchatche de d'Artagnan le sidère. Le caractère atrabilaire et batailleur du personnage fait écho au sien propre. Mais notre jeune homme est totalement destructuré, déscolarisé depuis trop longtemps. La ponctualité reste une abstraction pour lui. Nous aurons le plus grand mal à obtenir sa présence, bien que cette «*peine*» lui plaise.

A la première absence, j'appelle la juge :

— *Il n'est pas venu au rendez-vous, pouvez-vous le convoquer dans votre bureau ?*
— *Il n'est pas venu combien de fois ?*
— *Une fois.*
— *Et vous m'appelez pour ça ?! Détendez-vous, et s'il ne vient pas quatre ou cinq fois, rappelez-moi.*
— *Vos gamins, quand ils font une connerie vous les engueulez à la cinquième fois ? Ça doit être sympa chez vous...*

Ah, toujours ces protocoles d'action qui restent flottants ! Une fois encore, on peut vérifier que tout réside dans la pratique. A quoi servent les lois votées par le lointain Parlement si les juges ne réagissent pas au premier dérapage ? Pourquoi les politiques ont-ils si souvent une approche juridique, sans effet réel sur le terrain ?

Je raccroche. Nous reprenons rendez-vous avec la juge. Nous lui expliquons alors que nous ne pourrons pas mobiliser de nombreux bénévoles pour ce programme si le tribunal ne rend pas les Travaux d'Intérêt Général obligatoires. En passant, je lui fais sentir qu'il serait bon pour ce pays que les peines prononcées par la justice perdent ce caractère facultatif ! Il est intolérable de donner de tels arguments à Le Pen ! Le ton monte. Nous ne demandons pourtant pas grand-chose : qu'elle convoque au moins le môme dans son bureau lorsqu'il se défile !

L'engueulade prend alors un tour intéressant. La juge commence à s'emporter :

— *Vous ne voulez tout de même pas que j'envoie cet adolescent à* (nom d'une prison) *parce qu'il n'exécute pas un TIG ? (Travail d'Intérêt Général).*

— *Madame, vous préférez qu'on attende qu'il y aille pour quelque chose de plus grave ? On attend qu'il soit trop tard ?*

Véronique Marmorat, une ancienne juge pour enfants qui m'accompagne — membre influent du *Relais Civique* — lui explique alors qu'elle obtenait des résultats en faisant incarcérer sans télé — le *sans télé* était essentiel — les récalcitrants pendant le week-end, au moment où ils voulaient faire la bringue avec leurs copains. Deux jours à s'emmerder en cellule individuelle ; la plupart obtempéraient ensuite.

Alors la juge en poste craque, et crache sa vérité :

— *Si j'envoie ce jeune à* (nom de la prison) *ce soir, il sera sans doute violé. Et dans cette taule il y a 40 % de sida. Vous voulez qu'on lui colle le sida parce qu'il refuse d'apprendre des mots ?*

Je reste coi, désemparé. Ce jour-là, nous comprenons brutalement que le laxisme sidérant des juges vient pour une bonne part de leur défiance, ô combien justifiée, devant la prison. La conversation s'anime. Je lui demande de m'éclairer : que sait-elle sur cet établissement ? Ce qu'elle nous confiera sera ratifié plus tard par le surveillant-chef d'une autre prison, modèle celle-là, qui m'avouera :

— *Nous autres, si on était mutés là-bas, on démissionnerait. Cette prison n'est pas contrôlable.*

— *Il y en a beaucoup, comme ça ?*

La réponse du surveillant fut un éclat de rire. Sinistre*.

Retour chez la juge. A mon tour, je lui détaille tout ce que j'ai appris par des Travailleurs

---

* Pour mieux connaître la réalité carcérale des mineurs en France, lisez le document saisissant de Edouard Zambeaux, *En Prison avec des Ados* (Denoël).

sociaux du secteur : l'ampleur inconcevable des bavures policières, tout près de Paris. Peu de temps auparavant, un adolescent pénible avait été arrêté en pleine nuit. Il pleuvait. La police l'avait plaqué au sol dans une flaque. Combien de temps ? Le plâtre de sa jambe cassée en était ressorti ramolli. Au commissariat, on l'avait laissé hurler toute la nuit, sans appeler un médecin ; sa fracture était mal en point. Ambiance chilienne, à dix minutes de la place de l'Etoile. Un cas ordinaire, un dossier oublié dans une pile.

— *Vous comprenez, madame,* ai-je repris, *si vous laissez les jeunes faire n'importe quoi, les flics continueront à leur foutre des branlées, en se disant que c'est toujours ça de pris ! Les ados les provoquent, ils se vengent. Et on ne peut pas vivre dans une société où les flics cognent, ça ne va pas !*

— *Qu'est-ce que vous voulez que je fasse...,* reprit-elle, accablée. *Vous souhaitez qu'on les envoie dans ces prisons-là ?*

Cette femme lasse me touche. Elle porte sur les épaules tant de dérèglements publics, tant d'inconséquence de nos politiques si vite satisfaits sur les plateaux de télé. Puis la colère me gagne : comment les gouvernements successifs n'ont-ils pas compris que pour empêcher les flics de quartier de taper, il faut qu'ils aient le sentiment que le suivi judiciaire sera cohérent et systématique ? Or, les juges n'arrêteront leurs comportements approximatifs que si on leur donne les moyens de punir de façon intelligente, en reconstruisant les jeunes, non en les fracassant dans des prisons dangereuses ! Tout se tient, tout s'enchaîne. Il faut avoir le courage de remettre à plat, complètement, le système pénitentiaire des mineurs qui, actuellement, constitue un danger pour notre société : le taux hallucinant de récidive qu'il génère ou entretient le condamne. Toutes les pratiques doivent être revues, évaluées, testées, comparées aux expériences positives nationales (qui existent !) ou étrangères. Et que l'on cesse de réclamer du quantitatif ! Plus de ci, de ça, d'assistantes sociales ! Pour faire quoi exactement ? Pour appliquer quels protocoles, évalués comment, selon quels critères ? Merde, sortons de l'amateurisme ! C'est là-dessus que les élus de notre peuple doivent débattre.

Au *Relais Civique*, nous sommes obsédés par

les pratiques : COMMENT FAIRE, concrètement, pour rétablir des minimums ? A quoi sert de voter des lois si leur application reste aléatoire ? Pour toutes sortes de raisons, souvent légitimes.

Qui sait par exemple qu'un procureur de la République est un type méthodique qui, tous les matins, consulte la liste des places disponibles dans les prisons du coin ? Il va donc requérir et faire appliquer les peines en fonction des places disponibles. Toute la machine judiciaire bloque sur ces problèmes pratiques. Du coup, seuls 32,5 % des procès-verbaux reçus par les parquets donnent lieu à des condamnations pénales en France, et 30 % de ces dernières ne sont jamais exécutées ! Presque une sur trois ! Tous les discours sécuritaires de tribune sont donc bidon. Le fond de l'affaire, c'est aussi une question d'hôtellerie. Mais protège-t-on la société en stockant les délinquants dans un système carcéral qui avoue deux tiers de récidivistes ? Pour répondre oui, il faut vraiment être de mauvaise foi ou dingue. On le voit, l'important n'est pas l'intention des politiques — pure ou impure — mais le « comment ça se passe vraiment », bêtement j'allais dire.

Tout le monde le sait : ce qui désespère la population, c'est le sentiment d'impuissance. Comment encaisser éternellement sans se révolter ? Les ministres sortants expliquent tous, à longueur de livres gémissants, combien furent vertigineuse leur paralysie, efficaces les lobbies, effrayants de perversité les conservatismes. Et tous les cinq ans, on nous refait le coup. Rebelote, le faux-semblant de détermination républicaine !

Il y a pourtant une solution toute simple à ce cycle angoissant de l'impuissance. Elle est même si simple que cela ne m'étonne pas que les élites ronronnantes n'y aient pas pensé. La solution, c'est l'étonnante créativité des Français ; mais entre gens chics, on continue de croire aux « experts » labellisés, pas cons d'ailleurs, seulement à côté de la vie. Des méticuleux qui produisent des kilomètres de rapports stigmatisant des aberrations. Au mieux, ils proposent des améliorations, rarement des solutions. De combien de victoires du Front National allons-nous encore payer les raisonnements généraux de nos politiques républicains, gavés d'analyses sur les structures administratives, fascinés par les discours quantitatifs ? Plus de ci, moins de ça ! Pourquoi les partis n'ont-ils pas pour passion d'étudier les solutions pratiques, concrètes, inventées par les Français ?

Le réservoir de solutions se trouve pourtant là, dans ces initiatives dont personne ne parle. Croyez-vous qu'il n'existe pas de méthode éprouvée pour « traiter » les mineurs multirécidivistes les plus difficiles ? Je le pensais également, avant de pousser une porte parisienne.

6

J'ai rendez-vous avec un amiral, un vrai, ce qui n'est pas dans mes habitudes. Non loin de la Tour Eiffel s'élève un bâtiment obèse qui appartient à la Marine nationale : 3, avenue Octave Gréard. Je galope dans les minces escaliers qui mènent au bureau de JET (Jeunes en Equipes de Travail), zigzague entre les pompons. Sur le bulletin de cette association, on peut lire une phrase de Bourbon-Busset : *Les rives sont la chance du fleuve puisque, l'enserrant, elles l'empêchent de devenir marécage.* Jolie introduction à une bande de marins qui se proposent de réinsérer les mal-partis qui terminent leur peine de prison ; et qui y parviennent puisque la moitié des bénéficiaires de leurs stages ne sont pas retombés dans la délinquance. Si l'on tient compte du pedigree de leurs jeunes clients, ce résultat est excellent.

Je frappe. Une voix de Capitaine Haddock m'invite à entrer. Je pousse la porte et me trouve face à une demi-douzaine d'amiraux ou contre- ou vice-amiraux en retraite. Jamais je n'ai eu à ce degré le sentiment d'être un tout petit garçon. Face à moi, un rempart de poitrines bombées, des mâchoires musclées. Une douzaine d'yeux trempés me tiennent en joue. Voilà des hommes, habitués à faire manœuvrer le *Charles-de-Gaulle* ou du destroyer pur acier.

— *Bonjour jeune homme, amiral Brac de la Perrière ! Voici l'enseigne de vaisseau...*

Je m'installe en bout de table, sors un calepin et commence à les interroger sur leurs pratiques. Comment s'y prennent-ils, dans le détail ? Pour moi, ces gens à poil ras sont des Hurons ; mais leur pragmatisme me fascine. Chez eux, tout est réfléchi, simplifié, traduit en idées très concrètes. Exemple : lorsqu'un jeune les quitte, à l'issue d'un stage de fin de peine, il ne sera plus jamais seul dans la vie. JET se propose, de façon très concrète, d'être sa *deuxième famille*. Sa copine le plante, il perd sa place ? Il est à la veille de faire une *connerie* ? L'ex-stagiaire pourra à tout instant téléphoner pour demander de l'aide, un boulot, un logement. Au standard, on lui demande son nom, l'année de sa *promotion*. Il n'est plus un anonyme dans la rue. On le reprend en main dans un centre de JET, on l'épaule.

Je ne connaissais pas les marins : un monde étrange. Quand on y réfléchit, un porte-avions qu'est-ce que c'est ? Un terrain de football posé sur une centrale nucléaire, où vivent presque deux mille types qui voient se poser entre leurs pattes, à 300 km/h, des avions plutôt dangereux. Le système ne peut pas se permettre d'avoir un seul homme contre lui ; les contraintes de la vie navale sont trop fortes. D'où une culture particulière.

Je les écoute, et les rituels abondent dans leurs exemples. Les protocoles, ils connaissent. Plus je les trouve astucieux, plus je suis écœuré que les politiques ne soient pas là, avec moi, en train de prendre des notes au lieu de serrer des mains. Ils sont peut-être agaçants, ces amiraux qui sentent la France d'un autre siècle, mais ils se cassent le cul pour des mômes cassés, et ils en sauvent un sur deux. De surcroît, ces galonnés sont intensément créatifs ; et ils savent dupliquer des expériences locales à grande échelle. D'ailleurs, ils n'arrêtent pas de construire de nouveaux centres, avec toutes les peines du monde. Parce que personne ne trouve à la mode de les aider ! Médiatiquement, l'amiral en retraite, ça ne fait pas très tendance…

Ce qui est passionnant dans la recherche des bonnes pratiques, c'est que l'on trouve à la fois les bonnes idées et *les gens qui vont avec*. Les politiques n'ont pas assez réfléchi à cela : une idée, même excellente, ne vaut rien tant que l'on n'a pas trouvé *les individus qui ont envie qu'elle marche*. Ici-bas, les choses ne se réalisent que parce que des êtres en ont franchement envie ! Sans cela, les lois restent lettre morte, les décrets ne sont jamais appliqués. Tout est d'abord un problème d'envie. Or je n'ai jamais entendu un homme politique défendre une idée en désignant nommément ceux qui, en France, ont le désir sincère de la voir se concrétiser. Bizarrement, ils raisonnent en oubliant l'essentiel : la joie de faire.

Eh bien, au 3, avenue Octave Gréard, il y a des gens qui ont clairement envie de prendre en charge les gosses les plus insupportables de notre société. Sont-ils des Zoulous trop militaires à vos yeux ? Dites-vous bien que leurs *clients* sont également issus de drôles de tribus !

La culture des uns a l'air de correspondre à celle des autres ; c'est cela seul qui importe. Leur sens de l'autorité est précieux pour des jeunes qui, dans presque tous les cas, ont souffert d'une absence de père. Or nos systèmes sociaux et judiciaires les confient de façon presque systématique à des femmes : le juge est en général une juge, les assistantes sociales sont rarement des hommes, etc. Quant aux cheveux en brosse de ces marins ponctuels et à leur air propret, ils peuvent être des atouts. Une assistante sociale me disait récemment qu'elle venait de visiter un FAE (Foyer d'Action Educative) pour délinquants mineurs à la dérive. Une de ces structures d'hébergement de taille réduite tant vantées, encadrées par des éducateurs de la PJJ (Protection Judiciaire de la Jeunesse). Les jeunes venaient de se lever à onze heures trente du matin, sans que personne s'en étonne ! L'après-midi fut consacré à... boire un verre. Structurant, non ? Est-il raisonnable de multiplier les FAE — ultra-nécessaires dans leur principe ! — sans évaluer leurs pratiques effectives ? Si vous êtes un élu, oubliez vos a priori, et regardez donc comment ces citoyens à pompons s'y prennent.

7

Toute pratique est-elle reproductible ?
Non, il faut le reconnaître.
Les pratiques sont, par définition, des coups de main, des talents particuliers mis en œuvre. Les réussites locales ne sont-elles pas, avant tout, l'effet d'une volonté, d'un charisme, l'adéquation miraculeuse entre une idée et un groupe d'individus ? N'est-ce pas déraisonnable de vouloir reproduire ce qui tient à la singularité d'un être ? Tout collège, toute administration n'est-elle pas un cas unique ? Qui peut prétendre que les équipes sont interchangeables ? Au fond, le *Relais Civique* ne s'appuie-t-il pas sur une méthode absurde ?
Ces propos, pleins de bon sens apparent, sont ceux de tous les conservateurs que nous avons

rencontrés. Ils donnent l'air intelligent aux frileux, servent d'alibi aux immobiles. Comme si le propre de l'homme ne résidait pas, justement, dans sa capacité à transmettre son acquis, ses méthodes ! Bien sûr, dans toute expérience réussie, entre pour une part énorme le talent des acteurs ; mais comment nier que les processus comptent aussi pour beaucoup ? Et qu'il existe des savoir-faire plus ou moins efficaces ? Dans l'industrie, dans la recherche, chacun le sait. Chez Microsoft, la diffusion interne de l'innovation confine à l'obsession. Et dans nos administrations ?

Etrangement, notre classe politique ne paraît pas encore rompue à la mise en place de protocoles ; à quelques exceptions notoires près. Sans doute faut-il y voir l'influence de l'ENA, où l'on privilégie les approches juridiques, macro-économiques ou financières. Il n'y a pas, à ma connaissance, dans cet établissement, d'enseignement consacré aux processus opérationnels, aux stratégies du changement. Les arts martiaux, par exemple, ne sont rien d'autre qu'un ensemble cohérent de protocoles précis ; chacun combat pourtant à sa manière. Et il ne vient à l'esprit d'aucun judoka de disqualifier l'intérêt de ces protocoles efficaces ! Toutes les activités humaines sont constituées de *know how* que chacun adapte à son tempérament, à ses capacités, à ses croyances.

Aux Etats-Unis, s'est répandue dans les écoles une pratique astucieuse pour développer le sens civique : le *service learning*. Chaque mois, les enfants consacrent quelques heures à l'engagement en faveur de la communauté, au sein d'associations. Chaque établissement reste maître de faire les choix qui lui paraissent pertinents sur un plan pédagogique, et de nature à répondre aux besoins locaux. Voilà une approche simple, qui pourrait avantageusement remplacer l'effet d'intégration de notre défunt service militaire. J'y reviendrai. Pensez-vous toujours que l'intérêt d'une pratique tienne uniquement à la façon de la mettre en œuvre ? Alors, filez convaincre les Américains de renoncer au *service learning* !

Friand de méthodes, je me suis pris de curiosité pour celles des collèges qui réussissent à vaincre la violence. Mais sautez le chapitre suivant si vous êtes convaincu qu'il n'y a rien à apprendre de l'expérience d'autrui...

8

L'homme qui me sourit est un fonctionnaire heureux. Evencio De Paz est Principal du collège François-Truffaut, à Gonesse. Un lieu oublié de la chance où tout masochiste rêverait de venir en villégiature : le collège a été construit entre deux pistes de l'aéroport de Roissy. Quand par hasard les avions s'espacent pour cause de grève, le TGV Tallys passe avec fracas à quelques encablures. En face, la cité réunit un amalgame de parias : 60 % de la population survit de minima sociaux, dix-sept nationalités s'observent. Un peu plus loin, une cité de Turcs chaldéens a reconstitué ses repères. Des fours en terre traditionnels ont été construits entre les tours, histoire de faire cuire dans les règles le pain de leurs ancêtres.

Et pourtant, M. De Paz est heureux ; parce que son collège est une réussite. Il y a quatre ans, il débarquait dans un établissement en chute libre. La violence dure était l'espéranto de toutes les communautés. Aujourd'hui, on y cultive l'excellence de chaque élève, prié d'atteindre non pas le bac mais *son meilleur niveau*. Ici, la République n'est pas une jolie devise mais une pratique. De Paz me raconte ses usages, ceux de son équipe. Je prends des notes, et j'ai soudain envie de chialer tellement c'est beau, ces gosses qui ont appris à parier sur leur propre énergie. Ce type est en train de faire vivre la France que j'aime. A mes yeux, c'est un authentique politique : quelqu'un qui donne du pouvoir aux autres, qui fait confiance aux ressources des mal-partis.

Mais revenons aux usages en vigueur au collège Truffaut, parce qu'il est précis, M. De Paz. Jovial mais méthodique. Il a, par exemple, réussi à dissoudre les violences qui, habituellement, précèdent la période des Conseils de classe. Comment ? En donnant aux élèves le droit d'y assister, afin d'éviter que ne se développe une paranoïa incontrôlable. L'arsenal de ses rituels est complet, pensé, évalué, toujours remis en question. Je suis venu escorté de l'un des membres d'une commission que j'ai constituée, composée de volontaires : des inspecteurs généraux de l'Education nationale (les maréchaux du système) de toutes tendances, de psys, une grande figure du syndicalisme enseignant. Qui nous a nommés ? Personne. Le bien public nous paraît être l'affaire de chacun. Notre objectif est simple : repérer les tactiques qui permettent d'arrêter la violence dans les collèges. Tous les quinze jours, on se retrouve au siège des éditions Gallimard, le soir, dans une salle libre, et nous écoutons des Principaux de collèges inventifs. Le casting est impressionnant. De Paz était du nombre. J'ai eu envie d'aller vérifier sur place la vérité de ses mots.

Je me laisse donc porter par la houle de ses explications. Sans cesse, il revient sur un système enthousiasmant, financé par plusieurs ministères : la charte de l'*Ecole Ouverte*. L'idée est de permettre aux élèves de revenir au collège les samedis, mercredis après-midi et pendant les petites vacances. On évite ainsi qu'ils s'incrustent dans les cages d'escaliers de la cité. Cela donne également du temps et un lieu chauffé pour mettre en place des stratégies de réappropriation du collège. Un atelier d'amélioration des conditions de vie a été créé. Les adolescents ont construit eux-mêmes une salle informatique ; bien entendu, personne ne la dégrade. Les élèves les plus durs ont même refait le parquet de la salle des profs ! Sidérés, ces derniers ont commencé à les regarder autrement. Les profs, volontaires, et les élèves se découvrent dans un autre contexte. De Paz met ainsi en place des tactiques dites «*de contournement*». Et puis les jeunes profitent des installations sportives qui, auparavant, leur restaient interdites les week-ends et pendant les vacances ! Les terrains de handball, construits sous leurs fenêtres, étaient fermés à clef ! Cela frisait la provocation.

De Paz ne tarit pas d'éloges sur ce système, l'une de ses armes favorites pour juguler la violence. Alors commence le feu soutenu de mes questions :

— *L'Ecole Ouverte, ça fonctionne dans tous les collèges de Zones d'Education Prioritaires ?*
— *Non, seulement 24 % des établissements de ZEP le font.*
— *Pourquoi ?*

Les réponses que j'entends me mettent hors de moi. Cet établissement modèle a été visité récemment par Lionel Jospin et le ministre de l'Education. Tous sont venus se faire photographier dans la cour de M. De Paz ; aucun n'a posé la question que j'ai posée : pourquoi ne généralise-t-on pas une pratique aussi efficace ? Ils sont venus parler de la République, ont laissé des chèques coquets pour acheter des ordinateurs, des équipements. Mais ils n'ont pas entendu pourquoi la France n'arrive pas à étendre le système *Ecole Ouverte*. Mes questions étaient concrètes, les réponses de De Paz le furent aussi :

— *Sur un plan administratif, c'est lourd à gérer* l'Ecole Ouverte ?
— *Vous voyez les quatre armoires de mon bureau ?* L'Ecole Ouverte, *c'est la quatrième.*

En clair, les Principaux qui s'y collent, volontairement, se coltinent 25 % de boulot en plus. Il n'est venu à l'esprit de personne au Ministère d'affecter un agent comptable et un gestionnaire par bassin de Zone d'Education Prioritaire. Rue de Grenelle, personne n'a eu l'idée de venir ouvrir cette quatrième armoire.

La deuxième question fut la suivante :

— *Les personnels qui encadrent* l'Ecole Ouverte *sont payés combien ?*
— *62 francs net de l'heure.*
— *Une heure supplémentaire d'un prof ou une heure de cours donnée dans un centre de formation permanente, c'est payé combien ?*
— *Environ 210 francs...*
— *Et vous trouvez des candidats à 62 balles ? !*

Que 24 % des établissements classés en ZEP adhèrent au système *Ecole Ouverte* prouve qu'il y a encore des héros et des militants dans l'Education nationale ! La France dispose d'un outil formidable avec ce dispositif et, sur le plan pratique, on n'a pas su faire bien les choses. Pourquoi ? Merde, j'en ai assez que l'on ne demande pas de comptes précis à nos politiques. Leur bilan doit être palpable, pas une somme de lois et mesures inappliquées ou inapplicables !

Un mois plus tard, j'étais dans le bureau du ministre de l'Education, pour une rencontre organisée par le magazine *Paris Match*. Lorsque j'évoque la charte de l'*Ecole Ouverte*, Jack Lang ne tarit pas d'éloges sur cette idée, dont Lionel Jospin a été l'un des promoteurs. Alors, soudain, je lui pose la même question agaçante :

— *Pourquoi ce dispositif ne s'applique-t-il pas dans 76 % des collèges classés en ZEP ? Qu'est-ce qui se passe ?*

Etonné par l'ampleur du chiffre que je cite, Lang fait venir son directeur de cabinet et lui demande :

— *C'est vrai ce que dit Jardin ?*
— *Oui, bien sûr,* répond l'autre, au courant de tout.
— *Pourquoi ?* demande alors le ministre, emmerdé.

Dans cette scène véridique, tout est dit. Lang est pourtant un homme très intéressé par le concret des choses, je le sais. Mais tous les hommes politiques d'envergure nationale ont des équipes qui vivent dans la croyance naïve, puérile, que c'est en agissant sur les structures qu'un homme politique agit. La pratique, c'est bon pour les exécutants ! Ces élus, pourtant intelligents, pensent donc sincèrement que gouverner consiste à réformer des structures et non à mettre en place de nouvelles pratiques. Plus ils montent vers les sommets, plus ils s'imaginent que leur devoir est de raisonner sur les *grands* équilibres, les *grands* choix, les *grandes* options, les *grandes* réformes. La vérité est qu'aucun, ou très peu, de ces *grands* projets ne voit jamais le jour. Tous se font élire à la marge. Dès qu'une grande réforme est engagée, les conflits sociaux se mettent en route, les sondages baissent et les gouvernements s'amputent de leur volonté.

Mais, plus fondamentalement, les politiques — à part quelques exceptions comme Ségolène Royal, Martine Aubry ou Bernard Kouchner à gauche et Pierre-André Périssol à droite — ne paraissent pas intéressés par les processus. Le « comment on va faire lundi prochain » paraît même relever à leurs yeux d'une préoccupation un rien vulgaire, ou qui ne concerne que d'obscurs spécialistes. Tous les débats nationaux tournent donc autour des *grandes options,* et non sur la définition précise du *« comment »*. Comme par hasard, un zèbre comme Kouchner est issu du monde associatif. Cet ex-fondateur de Médecins Sans Frontières a donc passé une bonne partie de son temps à se décarcasser pour résoudre des obstacles très pratiques. La vox populi a l'air de sentir sa différence puisqu'il caracole depuis toujours dans le peloton de tête des sondages politiques.

J'appelle donc à une véritable évolution des méthodes pour que ce pays sorte d'une logique qui nous condamne à l'impuissance publique ; et donc à des votes sanctions extrémistes. Toute réflexion politique doit désormais partir de pratiques, validées par l'expérience des gens de terrain ; et non l'inverse. Actuellement, on ne s'inquiète des pratiques qu'après avoir sacrifié au rituel du *débat d'idées*, formule vaniteuse qui désigne ordinairement des batailles de poncifs.

En matière de délinquance, par exemple, tous les clivages traditionnels sont évidemment vides de sens : même le plus crétin des ânes sait bien qu'il faut à la fois faire de la prévention et réprimer. Quel est l'ahuri qui oserait dire le contraire ? Toute la question est de savoir *comment !* Si nous obtenons d'aussi mauvais chiffres, c'est bien parce que la France est techniquement inefficace pour prévenir et que les méthodes utilisées pour punir s'avèrent sans effet. Alors, déroutés, nos chers politiques se ruent sur les réponses quantitatives sans rougir ! Pas assez d'assistantes sociales ! Pas assez de flics ! Comment peut-on persister dans cette logique déraisonnable ? La question n'est pas numérique mais bien de méthode. A quoi sert de discuter chiffres si l'on n'a pas d'abord déterminé ce qu'il convient de faire faire, concrètement, à ces fonctionnaires ?

Pourquoi n'étudie-t-on pas le savoir-faire des commissariats les plus créatifs, des policiers et des travailleurs sociaux qui, à l'étranger, appliquent d'autres protocoles que les nôtres ? Nous ne sommes pas seuls dans l'univers à nous poser des questions. Quel est l'homme politique français qui a pris la peine d'écouter le superintendant Hillard, commandant en chef de la police de Chicago, un type hors du commun, prodigieusement inventif ? Un Black courtois qui reçut Simon Dulac — imprimeur et membre du *Relais Civique* — comme s'il était son cousin, en mai 1999.

Hillard pense que nous vivons dans une société mondiale dominée par l'urbanisation : les problèmes américains sont donc à peu de chose près similaires à ceux que l'on rencontre en France. Les possibilités d'échanges lui paraissent donc souhaitables d'un pays à l'autre. Méthodique, il lui expliqua qu'il convient de mettre en place une batterie de méthodes différentes pour soigner la diversité des êtres humains :

— *Quand on veut traiter les problèmes de délinquance, on doit bien comprendre que l'on s'attaque à beaucoup de problèmes et qu'une méthode ne peut résoudre qu'un seul type de problème.*

Simon lui détailla notre programme *1 000 mots* — sur lequel je reviendrai —, avec fièvre. Le grand flic de Chicago opina du bonnet, parut séduit ; quand soudain, il demanda :

— *C'est bien... mais qu'est-ce que vous avez d'autre ?*
— *Vous savez, nous sommes tous bénévoles, le temps manque.*
— *Aucun programme, aussi intelligent soit-il, n'est fait pour tout le monde. Les gens sont tous différents.*
— *Combien de programmes avez-vous ?* demanda Simon.
— *A Chicago, des dizaines.*
— *Pardon ?*

Je me suis plongé dans le classeur bleu où sont recensées toutes les organisations publiques, associatives ou privées, qui coopèrent étroitement avec les forces de l'ordre au sein du *Youth Division Programs*. La liste donne le vertige : le *Wonderful Outdoor World,* le *Victim Sensitive Interview Program,* le *Police and Children Together,* le *Student Pledge Against Violence*, etc. Le *Walking School Bus Program*, par exemple, a pour objet de former des petits groupes d'élèves accompagnés par un adulte pour aller à l'école et en revenir. Le but est d'accroître le nombre d'adultes qui interviennent dans la vie des écoliers, de renforcer les liens au sein d'une communauté en faisant coopérer les familles, de réduire le trafic aux abords des écoles, donc les accidents de la route. On le voit, la stratégie sécuritaire mise en œuvre est ici indirecte. Derrière tous ces programmes, il y a des savoir-faire différents qui, articulés les uns aux autres, tirent le meilleur parti des envies et des croyances des individus qui s'engagent dans le combat contre la violence. Je le répète : à quoi sert une idée, même excellente, si l'on n'a pas repéré *les gens qui vont avec* ? Dès que l'on passe du raisonnement pyramidal classique à une logique de réseaux, on est amené à rencontrer les bonnes personnes qui correspondent à chaque idée. Osons changer !

Mais revenons aux collèges français. C'est là que nous réussirons ou non à juguler le gros du chiffre de la délinquance juvénile. Pourquoi ? Parce que c'est là que se trouvent les adultes — les profs — contraints de vivre avec eux, et donc forcés de trouver des solutions. Même s'ils râlent en rappelant, à juste titre, qu'ils en ont ras-le-bol de régler tous les problèmes de la société, ils n'ont pas le choix. Une juge qui a baissé les bras, elle, n'a pas à vivre personnellement avec les effets de son inconséquence. Un enseignant, si.

Et puis, fondamentalement, tout problème de société peut et doit être traité sous l'angle éducatif. Il n'y a pas d'autre solution durable que d'orienter la demande sécuritaire des Français vers des pratiques éducatives validées par l'expérience.

Cette conviction me ramène sans cesse vers les acteurs des zones difficiles. Mettez un être humain « dans la merde », il finira toujours par être créatif !

9

— *Dans notre collège, en ZEP,* me déclare un Principal, *sur six cents élèves, nous en avons une infime minorité qui posent d'énormes problèmes, qui arrivent même à bloquer tout le système ! Ils sont à peine dix ou quinze vrais... chieurs.*
— *C'est quoi, un véritable emmerdeur ?*
— *Un adolescent qui jette de l'essence sur ses camarades, en jouant avec un briquet.*
— *Ah oui... Et si vous les virez pour protéger les autres ?*
— *Ça ne règle rien. La loi nous oblige à les scolariser jusqu'à seize ans. On se les refile donc d'un établissement à l'autre. Au Ministère, on les appelle « les Mistigris » !*
— *Quand vous parlez de ça avec votre hiérarchie, qu'est-ce qu'on vous répond ?*

— *Concrètement ?*
— *Oui, sur un plan pratique.*
— *Rien. On est priés de souffrir en silence.*

Quinze jours après cet entretien, le hasard des grèves des aiguilleurs du ciel me bloque une nuit à Ajaccio, où j'étais venu assurer un lancement départemental de *Lire et Faire Lire*. Le responsable de la FALEP — l'antenne locale de la Ligue de l'Enseignement — m'invite à becqueter du jambon local et me raconte ce qu'il a mis en place pour traiter ces fameux *quinze emmerdeurs*. La créativité des gens de terrain — et la charcuterie corse — me subjuguent toujours :

— *On applique un principe tout simple : l'exclusion-inclusion.*
— *Concrètement, ça veut dire quoi ?*
— *L'emmerdeur est viré mais il reste sous statut scolaire. Il n'a donc pas gagné. On l'empêche de rentrer dans son quartier en expliquant qu'il a été plus fort que le système.*
— *Qu'est-ce que vous en faites ?*
— *La FALEP a signé une convention avec le collège qui nous le confie pour trois semaines, histoire de permettre à l'équipe enseignante de*

souffler et à l'adolescent de prendre le temps de se remettre dans l'axe.

— *Ça veut dire quoi ?*

— *On le prend en charge, dans un suivi quasi individualisé, pour qu'il sorte du rôle qu'il joue devant les autres au collège, et on le fait travailler dans un atelier de réparation de moteurs de motos. Il reprend alors un rythme de vie régulier : ponctualité, respect des règles de sécurité, etc. On le valorise. Pendant ce temps-là, on tente de recoller les morceaux de ce qui lui reste de famille. Puis, au bout de trois semaines, il retourne au collège.*

— *Ça se passe comment ?*

— *Pas forcément bien au premier coup. Il peut avoir besoin d'autres séjours de « décompression ». Mais au final, on arrive à en réintégrer plus de 50 % dans un cursus normal.*

Je reste ahuri : un sur deux, compte tenu de la biographie des gaillards, c'est un très bon chiffre ! Naturellement, je le harcèle de questions pratiques : les assurances, le détail de la convention signée avec le collège, les réactions de l'Inspection d'Académie, etc. Puis je rentre à Paris, et j'appelle Eric Favey, secrétaire national de la Ligue de l'Enseignement :

— Si le ministère de l'Education proposait à la Ligue un contrat-cadre pour étendre cette expérience à toute la France, la Ligue marcherait ?

— Oui, d'autant plus que ce système fonctionne chez nous dans trois autres départements. On a un savoir-faire en interne.

Pourquoi est-ce à moi, auteur de romans, de poser cette question ? Merde ! Que les politiques votent enfin pour les pratiques des Français ! Qu'ils étudient davantage le savoir-faire incroyablement divers du tissu associatif. Je me fiche qu'ils remettent la Légion d'honneur à tel ou tel militant généreux. Qu'ils lui confient plutôt la mise en œuvre des politiques qu'ils ne savent pas comment mener à bien, sur un plan pratique ! Il est grand temps de donner une signification politique, au sens grec du terme, à l'action du monde associatif. La classe politique doit refaire alliance avec la société civile, en fondant ce pacte sur des missions concrètes, définies contractuellement.

Faute de quoi, les réalités financières — sur lesquelles les politiques restent étrangement muets — bloqueront toute ambition. Revenons sur un chiffre clef, dont on plarle trop peu.

10

— *M'sieur, les services votés représentent 97 % du budget de l'Etat, mais ça désigne quoi les « services votés » ?*
— *Les dépenses publiques reconduites d'une année sur l'autre, automatiquement.*
— *Vous voulez dire que le gouvernement a une marge d'action de 3 % ?*
— *Oui.*
— *Vous êtes sérieux ?*
— *La continuité de l'Etat, monsieur Jardin...*

J'ai dix-huit ans ; je suis élève à Sciences Po. Ce cours de finances publiques vient de contribuer à me faire renoncer à la politique. Je reste ahuri que l'on se batte lors des élections pour désigner les gens qui auront l'honneur de gérer 3 % du budget de l'Etat. Sérieusement, comment refaire le monde avec des moyens aussi marginaux ? Les Français connaissent-ils ce chiffre qui, chaque année, oscille entre 3 et 4 % ? Dès qu'un homme politique vous fait part de ses projets, gardez-le en tête. Il donne la mesure de ses possibilités financières.

Alors, bien sûr, il se trouvera des techniciens vigoureux pour expliquer que les outils de l'action publique sont divers, que les lois de programmation voient plus loin que l'horizon annuel, que... A quoi je réponds que je ne doute pas que les gouvernements sachent gouverner... en obtenant de faibles variations de la réalité. Changer les choses de 4 ou 7 %, les pouvoirs publics savent faire, c'est exact : mortalité sur la route, construction au compte-gouttes de Centres d'Education Renforcée pour mineurs, que sais-je encore. Quand je règle un problème dans ma propre vie, je ne le fais pas évoluer de 5 %. Les fuites d'eau, je les colmate pour de bon ! Pas vous ? Mais le pire dans tout cela tient au fait que tout le monde a fini par s'habituer à cette efficacité marginale.

L'autre grande escroquerie est de nous faire

croire en période électorale que le gouvernement français constitue un véritable lieu de décision ; alors que chacun sait qu'il n'y a plus d'économie française autonome et que l'Europe nous astreint chaque jour davantage à une logique communautaire. Tous les domaines sont concernés : agriculture, évidemment, mais aussi l'environnement, l'industrie, l'énergie, les transports et la fiscalité demain. Quant à notre Parlement, il doit cesser de faire semblant d'être souverain : la vérité est que, jour après jour, le droit européen gagne du terrain, les directives de Bruxelles s'imposent.

Les marges de manœuvre réelles de notre pays dépendent donc plus des changements de pratiques que des lois nationales et des financements. Ceux qui disent le contraire mentent, ou ignorent les contraintes budgétaires qu'impose l'Euro. L'impuissance publique durera donc jusqu'à ce que l'on réforme le « comment ça se passe vraiment lundi prochain ». Tous les gouvernements qui ne s'appuient pas sur des méthodes ratifiées par l'expérience des citoyens aboutiront à une action aux effets limités. En attendant, les vols avec violence ont augmenté en 2001 de 23 %, les viols de 13 %, la délinquance de voie publique de 9,3 % ! On continue à croire aux *grandes lois ?* A la réforme de telle ou telle ordonnance ? A ne pas étudier et généraliser l'innovation sociale ? Et l'on se réveille avec la gueule de bois devant Jean-Marie Le Pen qui parade au deuxième tour de l'élection présidentielle !

Mesdames et Messieurs les journalistes, ne laissons plus nos politiques discourir sur leurs intentions, leurs *grands projets*, leur pseudo-*vision*. La seule question cruciale est *comment* ils entendent s'y prendre : par quelles méthodes, quelles tactiques, en s'inspirant de quelles expérimentations, en suivant quel calendrier et avec qui ? Je préfère un politique responsable qui avoue ne pas savoir *comment* atteindre certains buts — ce qui me paraît le début de l'efficacité — qu'un ministre gonflé d'orgueil républicain qui prétend agir.

Et si la révolution que les Français attendent était d'être modeste dans nos ambitions ? Modeste, mais efficace.

11

— Vous comprenez, monsieur Jardin, les flics je les ai appelés quand ma fille s'est fait frapper, dans la cage d'escalier. Ils sont venus, c'est vrai... trois heures plus tard. Vous trouvez ça normal ?

Que dire à cet électeur probable du Front National ? Gaz de France sait pourtant secourir ses clients en un temps record. Pourquoi la gestion concrète de la police aboutit-elle à de tels dysfonctionnements ? Et que dire aux flics qui se font frapper quotidiennement lors des arrestations, aux parents dont l'enfant se fait racketter au collège, aux pompiers ou aux médecins caillassés dans les cités, aux profs menacés, aux proprios de scooters volés qui portent plainte sans illusion, uniquement pour toucher l'assurance ? De même, comment est-il possible que les instits soient formés — au sein des IUFM — par de doctes universitaires qui, pour la plupart, n'ont jamais vu un gamin dans une classe ? C'est incroyable, mais vrai. Pendant des décennies, on a formé des professionnels sans professionnels ! Partout, les Français souffrent vraiment que le minimum ne soit plus un minimum.

Méditez bien cette phrase effrayante : trop souvent, le minimum n'est plus un minimum. Ce sont des choses basiques dont les gens ont besoin, pas de grands chantiers mirifiques, non, de choses normales, parfois bêtes de simplicité, qu'on a presque honte de réclamer tant on passe pour un benêt en les rappelant. Je ne veux pas croire que les Français soient des fous sécuritaires, non, seulement des démocrates fatigués que le rétablissement de certains minimums fasse même l'objet d'un débat.

Que les politiques cessent de racketter les entreprises est un strict minimum, qu'ils fassent ce qu'ils annoncent, qu'ils disent ce qu'ils croient, etc. Tout cela relève à leurs yeux du normal. On ne va tout de même pas donner une médaille à tel ou tel élu parce qu'il persiste dans l'honnêteté ! Mais pourquoi est-ce si difficile chez nous d'obtenir ces minimums ? Et si nos politiques d'envergure cessaient enfin de croire que les solutions se trouvent dans les textes de lois ou dans les réformes de la tuyauterie administrative ?

J'aimerais qu'ils réfléchissent à cette phrase toute bête : les réformes de structures ont toujours divisé les Français alors que les changements de pratiques peuvent les fédérer. Le débat sur les méthodes — qui actuellement est embryonnaire — ne recoupe pas les lignes de fractures historiques de notre société. Modifier une pratique permet de contourner les conservatismes ; ce qui constitue un avantage tactique considérable. Et si l'on tentait cette aventure ?

12

Dès le vote de la loi *Présomption de l'innocence*, Claude Bardon, ex-directeur des Renseignements généraux, m'avait prévenu :

— *Il y aura des mouvements durs dans la police. La seule inconnue, c'est la date !*
— *Pourquoi ? C'est plutôt une bonne loi. Avec ce qu'on a vu comme violences policières... Ça va peut-être calmer tes copains !*
— *Moralement tu as raison, en pratique c'est une catastrophe. Les gens qui ont pondu cette loi ignorent complètement les méthodes de ce métier.*
— *Qu'est-ce que tu veux dire ?*
— *Il y a deux façons de faire une enquête. Soit tu mets le paquet, pour les affaires impor-*

tantes : filatures, police scientifique, etc. Mais on ne fait cela, en raison du coût, que pour très peu d'affaires chaque année, quelques milliers sur des millions de plaintes. Soit, pour une affaire courante, tu embarques tous les suspects et témoins au poste pour confronter leurs témoignages. Ça, c'est l'enquête à laquelle la plupart des Français ont droit, je le répète, pour des raisons de coût. La nouvelle loi a rendu impossible, en pratique, l'enquête courante. Techniquement, le flic de base ne peut plus élucider les affaires de tous les jours, à moins de tomber sur un flagrant délit, ce qui arrive plutôt rarement. C'est embêtant, parce que le rôle des flics, c'est tout de même d'arrêter les gens malhonnêtes ! Le crâne d'œuf qui a imaginé cette loi est sans doute un humaniste, mais c'est un fou ! Si on empêche les flics de faire ce pour quoi ils sont payés, ils vont ruer dans les brancards...

— *Et les violences policières que l'on a constatées ? Qu'est-ce qu'on en fait ?*

— *On aurait pu créer des postes d'Observateurs des libertés publiques, nommés par l'ordre des avocats... histoire d'empêcher les dérapages, la nuit surtout. Mais pourquoi blo-*

quer la machine, celle qui rend service aux Français moyens ?

Que répondre à ces explications prosaïques ? Bien sûr, Julien Dray a tenté d'apporter des correctifs à cette loi aussi nécessaire dans ses intentions qu'inconséquente dans sa pratique. Le gouvernement de Lionel Jospin a essayé de ne pas trébucher totalement dans le tapis. Mais comment une telle aberration de méthode a-t-elle pu se produire ? Comment de pareilles bourdes sont-elles possibles chez nous ? N'existe-t-il pas des pays dont les procédures garantissent les droits des citoyens tout en n'empêchant pas la police d'accomplir normalement sa mission ? A-t-on pris le temps, dans les ministères concernés, d'explorer en détail ces façons de faire ?

Peut-être qu'un jour, les politiques entendront les gens de terrain, non en les recevant aimablement, de temps à autre, dans les ministères, pour mieux les reconduire sur le perron avec de bonnes paroles. Je rêve qu'ils s'intéressent enfin au détail de ce qu'ils accomplissent. Je dis bien le *détail précis*. En évaluant les solutions les plus créatives que les uns et les autres ont imaginées pour résoudre les microdifficultés qui constituent la réalité des gens ordinaires. Consulter des hiérarques syndicaux, des patrons de fédérations en tout genre, rompus à toutes les langues de bois, n'a rien à voir avec ce que j'évoque. Qui peut croire que ces gens-là sont plus inventifs que leur base sur des questions concrètes ?

Oui, peut-être, un jour...

13

Réunion avec des membres du *Relais Civique*. L'un d'entre eux me tend une coupure de presse : un article paru dans *L'Automobile Magazine*. Il est question de la mortalité des jeunes sur la route. Le nombre de tués au volant est de 13 sur 100 000 habitants pour l'ensemble de la population française, mais de 27 sur 100 000 parmi les 15-24 ans. En Suède, le chiffre est 7 pour l'ensemble de la population et 9 pour les jeunes. Pourquoi connaissons-nous une telle surmortalité qui touche principalement les 15-24 ans ? L'enquête est bien faite, très concrète. La journaliste explique comment notre pays, impavide, laisse massacrer ses jeunes le samedi soir, faute de remettre en question des usages, des susceptibilités électorales. Les pratiques suédoises sont commentées, me paraissent applicables sous nos latitudes.

Je relis l'article, le classe dans l'un de mes dossiers. Le *Relais Civique*, c'est aussi ça : une collecte des informations. Mais, cette fois, nous ne retiendrons rien d'opérationnel. Les méthodes suédoises citées par ce magazine concernent les pouvoirs publics ; or nous n'engageons que des projets à la portée des simples citoyens. C'est la limite et la force de notre démarche. Nous ne nous intéressons qu'à ce qu'il est possible d'engager tout de suite, sans attendre un grand soir mirifique qui n'est jamais venu. Nous sommes hélas convaincus que le pouvoir officiel est le lieu où s'exercent le plus efficacement les forces de blocage de la société. Dans notre système, un ministre me paraît moins un acteur que la clef de voûte d'une somme extraordinaire de conservatismes, de freins plus ou moins occultes. Parfois sincère, il se tue à engager des changements pour que tout reste comme avant.

Mais moi aussi je suis inefficace.

En janvier 2002, Pascal Guénée agite la sonnette d'alarme : *le Relais Civique* accomplit mal sa vocation. Sa vie démocratique n'est pas assez développée, *Lire et Faire Lire* et *1000 mots* ont accaparé tous nos efforts. Il a raison. Je démissionne de la présidence de l'association. Ses suggestions pour développer nos activités me séduisent. Il est élu à ma place. Il faut à tout prix que le pouvoir soit entre les mains de celui ou celle qui a le plus d'idées neuves pour *passer à l'acte*. C'est le seul critère qui nous paraisse sain : la créativité en action. Mais pourquoi diable ce principe élémentaire ne s'applique-t-il pas dans les partis politiques ordinaires ? N'est-il pas raisonnable de confier le pouvoir aux gens les plus créatifs, ceux qui se révèlent les plus capables d'inventer des solutions aux maux de notre nation ? Le *Relais Civique* est donc en train de faire évoluer ses propres pratiques, sous l'égide de celui qui a su lui proposer de nouvelles méthodes.

Rentré dans le rang, je continue à me passionner pour les questions d'éducation. Mon groupe de travail s'est fixé une obsession : comment généraliser en France le système *Ecole Ouverte* dans les collèges sensibles. Y parviendrons-nous ? Notre intention est d'impliquer les citoyens dans ce mouvement. Si nous attendons du pouvoir politique qu'il le fasse réellement — alors même qu'ils sont tous acquis à cette idée ! —, nous craignons d'attendre longtemps. Les travaux sont en cours. Nous n'avons pas encore terminé le repérage des partenaires associatifs, privés et autres, à réunir pour assurer cette extension. Ce qui est certain, c'est que l'action d'un ministre isolé, assiégé par les corporatismes, restera insuffisante. Notre conviction est que, sur cette question comme sur tant d'autres, la société civile doit aider l'Etat.

J'ai également envie que la France se dote bientôt d'un système équivalent au *service learning* américain, que nous pourrions appeler *l'apprentissage citoyen*. Certes, il existe depuis 1945 la fameuse *quinzaine de l'école publique* qui permet de mobiliser les écoliers sur de grandes causes. Cela va dans le bon sens. Les enfants apprennent ainsi qu'ils peuvent agir en faveur de la communauté. Mais ce système n'a pas de caractère général — il dépend de la bonne volonté des enseignants — et me paraît moins responsabilisant que *l'apprentissage citoyen*. Une grande cause, c'est loin. Cette année, les écoles françaises parraineront des écoles afghanes. C'est une bonne idée d'élargir l'horizon des petits ; mais *l'apprentissage citoyen* me paraît à la fois complémentaire et porteur de plus grands changements sociaux. Il conduit les enfants à s'investir dans des actions essentiellement locales. D'autre part, le développement de cette forme appliquée de l'enseignement du civisme donnerait de jeunes militants aux associations de notre pays. En labellisant telle ou telle organisation, nous pourrions piloter l'apport que la société civile serait à même de fournir pour rendre l'action publique plus efficace.

Mais que cela soit bien clair : je ne suggère pas ici de réduire l'engagement de l'Etat. Le bon modèle me paraît être celui des pompiers. Comment éteint-on les feux en France ? En faisant coopérer des pompiers bénévoles et des fonctionnaires professionnels. Retirez l'une des deux composantes, le pays flambera. *Lire et Faire Lire* n'est rien d'autre que l'application de ce principe : les enseignants enseignent et, sous leur direction bienveillante, les bénévoles transmettent le plaisir de la lecture. C'est dans ce partenariat que les marges de manœuvre se reconquièrent.

D'autres dossiers sont en cours d'élaboration au *Relais Civique*. Je ne les dévoilerai pas ici ; car nous nous efforçons de n'évoquer que ce qui est opérationnel, en termes de service rendu à la population. Vous n'avez entendu parler de *Lire et Faire Lire* que le jour où son numéro de téléphone (0 825 832 833) s'est mis à fonctionner réellement. Les Français sont trop las des effets d'annonce qui sapent leur confiance.

14

Une pratique, qu'est-ce que c'est ?

Tout le malentendu vient peut-être de cela : du sens étonnant que nos élites politiques donnent à ce mot. Prenons un exemple : la flambée de la délinquance. La gauche finit par concéder qu'il y a un souci dans les départements. Lionel Jospin reprend à son compte la phrase forte de Tony Blair : *Durs avec le crime, durs avec les causes du crime.* Et il croit agir en étoffant les effectifs de la police, en recrutant 35 000 adjoints de sécurité, en inventant les Contrats Locaux de Sécurité, en essayant de redéployer les flics et gendarmes sur le territoire, en tapant du poing pour lancer la fameuse police de proximité... avec les résultats chétifs que l'on sait sur le terrain ! Que fait-il en réalité ? Il tente d'agir, comme tous ses semblables, de gauche comme de droite, sur les structures, les tuyaux. Pas sur les pratiques effectives, sur ce qui se passe réellement au bout des tuyaux.

Les sondages indiquent clairement que les citoyens apprécient la police de proximité. Mais, en réalité, tous les efforts publics n'ont rien changé aux chiffres de la délinquance, alors même que nous venons de vivre des années de croissance ! Tout s'est même aggravé. Pourquoi ? Parce que modifier les structures ne changera rien à ce qui adviendra lundi prochain dans la rue en bas de chez vous. Le pire, c'est que nos élus croient sincèrement que ce préalable structurel est primordial ! Le scandale, c'est aussi que les journalistes acceptent si souvent de donner audience à ces discours logiques, mais fictifs. La droite est également tombée dans le même type de propos illusoires en réclamant la création d'un grand ministère de la Sécurité qui réunirait la police, la gendarmerie et les douanes. La belle affaire ! Toujours la même rengaine, tenace, sur les tuyaux ! Recrutez 100 000 flics supplémentaires, cela n'aura qu'un effet marginal si leur pratique, ce qu'ils accomplissent effectivement, ce qu'ils vivent, n'est pas repensé.

La question du délai d'intervention des forces de l'ordre est, par exemple, essentielle. A quoi sert d'augmenter les effectifs s'ils arrivent trop tard ? Quand vous composez le 15 (le SAMU), le mode de traitement des appels vous garantit une intervention en moins de quinze minutes. Pourquoi ne pas adopter un système équivalent pour les forces de police ?

Autre exemple : le flic de base souffre de se faire injurier et souvent cogner lors des interpellations. Est-il possible de rétablir l'ordre civil si, en premier lieu, on ne rend pas leur personne physique inviolable ? En clair, tant qu'ils recevront des baffes, le pays ira mal. Nous devrions ouvrir un grand débat public en France sur les méthodes à mettre en œuvre — ou à tester — pour que nos flics ne se fassent plus insulter et qu'ils ne prennent plus de claques. Quand je parlais de minimums à rétablir... Il est évident qu'il faut six policiers s'ils risquent, lors d'une arrestation, d'être passés à tabac par les habitants d'une cité. Il en faudrait moins si chaque citoyen savait que toucher à un cheveu dépassant d'un képi coûte très cher. Ce qui, actuellement, n'est pas le cas. On le voit, tout le débat quantitatif — sur le niveau des effectifs — dépend de questions pratiques élémentaires. Pourquoi nos politiques n'ouvrent-ils pas des débats démocratiques sur les réponses opérationnelles à apporter ? Pourquoi ne se lancent-ils pas dans l'expérimentation pour évaluer enfin les meilleures méthodes à employer ?

Etudier les pratiques revient à se pencher sur les processus concrets mis en œuvre sur le terrain. Une pratique doit pouvoir se décomposer en protocoles précis, sans cesse remaniés, évalués, définissant la nécessaire marge d'adaptation pour chacun. Ce qui est sidérant, c'est que la classe politique soit le dernier bastion qui résiste encore à ce mode de pensée.

Tout le reste de la société réfléchit sur les pratiques opérationnelles, la plupart des entreprises ont recours à des consultants de tous poils, internes, externes, etc. Pourquoi nos politiques, incorrigibles, continuent-ils à croire aux réformes des machines administratives — qui ne se font jamais —, aux tuyaux, au quantitatif, aux lois !

J'ai envie que l'on arrête de faire semblant d'agir.

15

Moi, j'aime bien Ségolène Royal. Son engagement n'aura pas changé la France ; mais elle a bien voulu tenter de régler des problèmes réels : la chasse aux pédophiles dans l'Education nationale, la fin du bizutage, les tracasseries auxquelles les pères divorcés sont confrontés, etc. Sa démarche a parfois fait sourire les gens de son milieu ; mais elle s'appuie sur des changements concrets : l'envoi aux deux parents séparés des bulletins de notes des enfants, et j'en passe. Ses mesures pour assurer l'intégration scolaire des enfants handicapés — le plan *Handiscol* — sont du même acabit. Dieu merci, des politiques de ce genre, il y en a, des deux bords. A droite, Pierre-André Périssol s'est lancé dans une étude sérieuse sur les pratiques en vigueur aux Etats-Unis, aux Pays-Bas, en Grande-Bretagne, dans les écoles et les quartiers. Son association *Agir pour Motiver* a fait un boulot exemplaire. Il a vraiment pris le temps d'évaluer les expériences qui favorisent le goût de vivre ensemble, celles qui développent les attitudes positives à l'égard de la société, tout en contribuant à prévenir la délinquance et les parcours d'échec. Jadis, Martine Aubry s'était également lancée dans l'action de terrain avec sa fondation *Agir*.

Mais combien sont-ils à s'avancer dans cette direction ?

Claude Bartolone, l'ex-ministre de la Ville, a fait publier un petit livre remarquable, *Talents des Cités,* qui présente l'itinéraire d'une cinquantaine de jeunes entrepreneurs qui, chacun à leur façon, se sont battus pour réussir leur insertion économique et échapper à l'économie de la débrouille. Ces gens seront chargés d'aider d'autres jeunes à suivre leur exemple. L'initiative est louable...

Mais, plutôt que de s'improviser (bon) éditeur, M. Bartolone aurait mieux fait de simplifier les onze démarches — recensées par l'Association pour le Droit à l'Initiative économique

(Adie) — que devront accomplir les Rmistes désireux de démarrer une petite affaire déclarée. Onze, avec plusieurs rendez-vous à prendre auprès des dix administrations concernées ! Soit au moins trente aller et retour ! Tous les noms y passent : URSSAF, Canam, Préfecture, Chambre de Commerce, Direction du Travail, etc. Grâce à quelques militants tenaces — ceux des Boutiques de Gestions, de l'Adie, d'Elycoop, etc. — les plus enragés s'en sortiront. Mais, on le voit, l'obsession des pratiques ne fait pas encore partie des priorités gouvernementales, toutes couleurs confondues ! Il aura fallu un article du journaliste Patrick Fauconnier — un type incroyablement perspicace, précis ! —, dans le *Nouvel Observateur*, pour détailler tout cela. Pourtant, si l'on ne réussit pas l'insertion économique de nos cités, la France en paiera durement le prix, et elle se privera de l'énergie incroyable des jeunes les plus débrouillards qui vivent sur notre sol. Les mêmes que ceux qui ont fait la vitalité et l'opulence de l'Amérique ! Mais continuons plutôt à évoquer la nécessité de développer le théâtre ou la poterie en Seine-Saint-Denis... Les arts plastiques pour lutter contre la misère, c'est sympa, non ? Bien sûr que cela reste nécessaire ; mais tellement insuffisant...

Que l'Etat aide massivement tous les réseaux qui réussissent à créer des pouponnières d'entreprises dans ces zones où l'on casse les hommes ! Ces *pouponnières* ont démontré leur savoir-faire, et les populations auxquelles elles s'adressent ont avant tout besoin de s'enrichir. Nous avons le devoir moral d'aider ceux qui ont trouvé les bonnes méthodes pour faire sortir ces gens de l'économie au black, du *business* (de shit) qui déchire cette jeunesse.

Mais revenons à l'action du *Relais Civique*.

16

J'entre dans le bureau du directeur de la prison de Villepinte, M. Prosper Indo. Cet homme tenace a créé dans son établissement un quartier des mineurs particulier. Le parcours des jeunes est ritualisé. Chaque détenu sait où il en est sur son chemin vers la libération. Le système n'est pas parfait, mais ici on ne cesse d'expérimenter, avec des équipes de gardiens motivés qui ne craignent pas de tester de nouvelles idées. L'endroit est idéal pour mettre à l'épreuve le programme *1000 mots* du *Relais Civique* qui a échoué en milieu ouvert, du fait de la légèreté ahurissante des juges auxquels nous avons été confrontés. Nous allons donc l'essayer là où les jeunes caïds ne peuvent pas nous poser de lapins : en taule ! A Villepinte, au moins, ils seront ponctuels...M. Indo nous écoute, et donne très vite son accord. Je sens que cet homme droit et curieux de tout aime l'innovation.

La Direction régionale, ouverte, suivra.

Nous rencontrons ensuite les surveillants. Stupeur : ces gens n'ont rien à voir avec les caricatures de porte-clefs que les médias fabriquent. Nous tombons sur des surveillants qui appartiennent à cette nouvelle génération sur laquelle l'Etat doit s'appuyer : niveau de formation élevé, très libres dans leurs remarques, pleins de questions. Des gens bien.

1000 mots démarre.

Lors des premières séances, j'escorte notre première bénévole, Eliane Grancher, un brin anxieuse. Eliane a une belle âme, et de l'intelligence pour deux. Nous pénétrons tous les deux dans une salle de cours exiguë où nous rejoint le premier candidat, la forte tête du quartier des mineurs. Il entre, nous serre la main mollement, en évitant notre regard. Ce caïd a l'air d'un enfant. Je lui sers mon petit laïus :

— *Que les choses soient claires : on n'est pas ici pour vous faire la morale mais pour vous rendre plus fort.*

Le jeune relève la tête. Je n'aurai que ce mot à la bouche — *la force* — pour lui parler de la nécessité d'accroître son lexique. Veut-il rester quelqu'un qui se fait dominer, par les flics, la justice, etc. ? Ou veut-il ressortir d'ici mieux *armé ?* Les vraies armes du pouvoir dans notre société, lui explique-t-on, ce sont les mots. Ce type de discours a l'air d'être audible par ce garçon. *1000 mots* peut démarrer.

Deux fois par semaine, des bénévoles viendront faire lire *Les Trois Mousquetaires* à des détenus mineurs qui noteront les mots qu'ils ne comprennent pas. Notre premier duo va travailler dans le plaisir pendant six mois. L'adolescent remplira deux cahiers de mots. *1000 mots* n'en a pas fait un agneau ; mais quelque chose a radicalement changé dans son comportement en classe. Il se met à écrire, participe avec plus d'aisance. Mieux : ce caïd assure la promotion du programme au sein du quartier des mineurs ! Vers la fin du roman — le premier qu'il lisait intégralement — il a même ralenti le rythme de sa lecture pour faire durer le plaisir...

D'autres groupes ont démarré, stimulés, encadrés par Sylvie Rostain et les militants du *Relais*

Civique. L'extraordinaire instituteur de la prison, Yves Sultan, guide nos pas, amplifie dans sa classe les progrès des adolescents. Son humour nous déroute quand il le faut. L'expérience se développera sans doute dans d'autres établissements sous l'impulsion de pasteurs protestants qui ont été séduits par notre démarche. Nous avons connu et connaîtrons des échecs avec des mineurs enfermés dans leur souffrance ou qui lisent avec trop de difficultés ; mais, pas à pas, nous tentons d'avancer vers notre rêve : faire en sorte que tout jeune qui entre en prison en ressorte en ayant augmenté son lexique courant. Nous voulons qu'il change d'univers mental, à coups de mots. Utopique ? Sans doute, mais ça marche ! Je raffole des utopies qui deviennent réelles.

Et il est grand temps que l'esprit d'invention revienne dans la sphère du politique. Pourquoi la créativité resterait-elle l'apanage des artistes ? Pourquoi diable les *boîtes à idées* de nos partis politiques sont-elles moins inventives que le *Brain Trust* de Franklin D. Roosevelt ? Pourquoi les politiques ne font-ils pas travailler les journalistes spécialisés qui, dans l'ensemble, connaissent très bien les équipes novatrices dans leur domaine ? Je suis fasciné que nous ayons dans notre pays autant de ressources et que l'Etat sache si mal tirer parti de la société civile.

Sans l'appui des citoyens, nos blocages publics ne pourront pas être contournés. Un exemple enthousiasmant et affligeant : l'Education nationale.

17

Parfois, les chefs de l'administration ont des idées pratiques formidables. Christian Forestier — le directeur de cabinet de Jack Lang — s'est un jour résigné au fait qu'il est impossible d'envoyer dans les collèges difficiles les enseignants chevronnés :

— *Vous comprenez, on peut toujours rêver, mais ça ne se fera pas ! Pour toutes sortes de raisons, syndicales et autres. Alors je me suis dit : pourquoi ne pas parier sur l'énergie des jeunes profs, leur vocation, plutôt que de regarder leur inexpérience comme un handicap ? Et j'ai eu une idée.*

Astucieux, Forestier le Florentin imagine un système simple : proposer aux jeunes sortant des

IUFM (l'école des profs) d'être affectés ensemble, par affinités. En somme, il leur propose de reconstituer dans les collèges les bandes de copains qui ont fait la fête ou planché ensemble dans les IUFM. Pour des raisons pratiques, un nouvel enseignant sur deux est nommé dans les académies de Créteil ou de Versailles ; et pas dans les quartiers coquets. Autant permettre aux bleus de se soutenir entre camarades de promo dans des situations parfois difficiles.

Ce système des *bandes de copains* sera massivement plébiscité par les jeunes enseignants. Mais Forestier n'a pu l'appliquer que dans cent quatre collèges des Académies de Versailles et de Créteil principalement. Cent quatre établissements sur plus de six mille ! Et vous n'en avez jamais entendu parler. Pourquoi ? Le Ministère a volontairement lancé en catimini cette idée, pour ne pas prendre de front le SNES, le syndicat majoritaire des enseignants qui, par ailleurs, mène des combats qui me passionnent. Est-il question d'étendre à toute la France cette méthode ? Impossible. Le SNES s'y oppose, alors même que les bleus votent avec leurs pieds pour ce dispositif ! Derrière cela il y a clairement, si j'ose dire, un pitoyable enjeu de pouvoir.

On le voit, le système est ainsi fait que l'innovation doit être honteuse, dérogatoire ! Alors même que le ministre, enthousiaste, et son directeur de cabinet ont jeté leur poids dans la balance. On croit rêver, ou plutôt cauchemarder. Dès lors, qui peut douter de la nécessité de l'intervention des citoyens, pour que ces systèmes cessent de fonctionner à huis clos, en circuit fermé ? Et pour que les usagers de base puissent aider les décideurs à dissoudre les poches de résistance des corporatismes intermédiaires de tous poils ? Quand ceux qui parlent en notre nom, et prétendent nous représenter, kidnappent nos voix à leur profit, nous devenons complices par notre silence !

Ce sentiment effrayant de blocage public, je l'ai ressenti avec effarement lors de mon enquête sur les solutions à la violence dans les collèges. A Gonesse, chez notre Principal offensif — M. De Paz —, fonctionnent dans la plus complète illégalité des classes dites de « découverte des métiers » qui, chaque année, sauvent des adolescents en échec dans un *collège unique* pas fait pour eux. Les programmes qu'ils suivent sont allégés à la carte et les gamins effectuent des stages pendant la moitié de la semaine pour découvrir la réalité des métiers qui les intéressent. Parfois, ils en ressortent dégoûtés et prennent conscience de la nécessité de s'accrocher pour faire des études ! Dans les faits, ce dispositif remet en cause le dogme du collège unique et prend des libertés avec la loi qui n'autorise pas de placer des adolescents en entreprise avant quatorze ans.

Courageux, De Paz éconduit les inspecteurs trop tatillons, se bat pour que les jeunes dont il a la charge trouvent tous *leur voie*. Une de ses élèves en déroute rêvait de devenir vétérinaire. Elle a pu effectuer un stage qui lui a permis de comprendre que son niveau scolaire lui interdisait cette profession. Mais c'est au cours de ce même stage qu'elle a entendu parler, par le véto, des salons de toilettage pour chiens et chats. L'idée lui a plu. Quelques années plus tard, cette fille devenue une jolie jeune femme a ouvert son propre salon. Cette histoire de toilettage de clébards vous fait sourire ? Elle aussi, mais de bonheur. Cette ex-enfant en échec a fait *son chemin*. Il était donc essentiel que monsieur le Principal prenne sur lui d'enfreindre la loi pour la défendre.

Lors d'une visite dans le collège de M. De Paz, Lionel Jospin entend parler de ces *classes découverte*, et des résultats obtenus. Que fait-il ? Bien entendu, il félicite monsieur le Principal, parce que Jospin est un humaniste. Mais n'est-il pas extravagant que le Premier ministre de notre pays congratule un homme qui, quotidiennement, lutte contre la machine qu'il dirige ? Quelle schizophrénie ! Là encore, l'invention doit être dérogatoire !

Pourquoi ne place-t-on pas l'innovation des pratiques au cœur de notre projet politique ? Il est urgent que des mouvements comme le *Relais Civique* se constituent en véritables lobbies de l'expérimentation sociale, pour promouvoir les idées qui ont démontré, in vivo, leur pertinence.

Par chance, nous avons rencontré dans les administrations d'excellents stratèges du changement. Je vous le disais, la créativité des Français se rencontre partout ! Même dans le *Mammouth* !

18

— *A l'Education nationale, nous savons bien qu'il existe des équipes très novatrices. Mais nous n'avons jamais su étendre les bonnes idées. Nous avons une culture très hostile à toutes les injonctions qui viennent de la hiérarchie.*

Ces propos, je les ai entendus cinquante fois, dans la bouche des inspecteurs généraux, des syndicalistes, des gens du cabinet du ministre. En interview, Jack Lang dit le contraire, cite ses initiatives en faveur de la diffusion de l'innovation, s'enthousiasme ! En off, il reconnaît que c'est vrai. Personne n'y parvient.

Personne sauf un fonctionnaire du Rectorat de Versailles qui ne la ramène pas, un dénommé M. Bertheloot. Quand vous entrez dans le bureau du Centre Académique d'Aide aux Ecoles et Etablissements (CAAEE) qu'il dirige, il commence d'ailleurs par vous expliquer les limites de son action ; ce qui est bon signe. Modestement, dans son coin mais avec le plein soutien de son recteur, cet ex-Principal met en œuvre une stratégie simple pour conduire les établissements rétifs à changer, à adopter de nouvelles pratiques.

Comment fait-il ?

Bertheloot applique une méthode patiente et pleine de bon sens : il attend que les collèges en proie à la violence connaissent une crise grave. Pourquoi ? Parce que intervenir à froid, lorsque tout va bien, ne fait que réveiller les résistances au changement. Il sait que les profs, comme tous les êtres humains, n'acceptent de reconsidérer leurs pratiques que lorsqu'ils sont en demande. Nous avons tous des périodes où nous sommes réceptifs et des moments où nous ne voulons rien entendre.

Dès qu'une crise dure a lieu — mort d'un élève, baston gravissime, enseignant agressé tragiquement — il intervient en mettant en place des stratégies d'accompagnement des équipes en état de choc. Qui intervient ? Un vaste réseau de *braves gens* — l'expression est de lui — formés par son service à la *confirmation des ressources des acteurs éducatifs*. Derrière ce charabia psycho-éducatif, il y a l'idée toute simple de redonner confiance aux équipes en crise. Ces braves gens sont des profs, des infirmières, réunis au sein de *groupes d'appui*. En ne laissant pas les enseignants et les Principaux seuls dans leur désarroi, les groupes d'appui les sensibilisent à d'autres méthodes, sous un angle très pratique : le système de la charte de l'*Ecole Ouverte*, les pratiques démocratiques efficaces pour canaliser la violence, le fait de permettre aux élèves d'assister aux Conseils de classe, etc.

La panoplie d'idées avancées est d'autant plus étoffée que le CAAEE combine quatre missions : gestion des crises bien sûr, prévention, recherche de partenariats et liens avec la recherche universitaire. Et puis les travaux du CAAEE sont associés à ceux du Groupe Prévention Violence qui travaille sur le COMMENT — des équipes rédigent des fiches très pratiques — soutenir les équipes dans la résolution de leurs difficultés. Bertheloot concentre ainsi toutes les ressources du Rectorat.

Vous pensez toujours que le *Mammouth* n'est pas créatif ? Mais qui, parmi les leaders politiques nationaux, connaît l'existence de ce Centre Académique d'Aide aux Ecoles et Etablissements ? Non, ces gens sérieux, indéniablement intelligents, préfèrent débattre de questions plus considérables : régionalisation, arbitrages budgétaires, *grandes* lois d'orientation ! Pourquoi changeraient-ils ? Toute la vie publique ne tourne-t-elle pas autour de ces *grandes questions* qui encombrent notre vie médiatique ? Peut-être un jour s'apercevra-t-on que pour régler des problèmes humains, il n'y a pas d'autre solution que d'observer les pratiques réelles des êtres humains...

19

Juin 2001. Je suis invité à défendre les ambitions de *Lire et Faire Lire* dans un congrès géant d'associations de retraités. Me voilà au milieu d'une marée de cartes vermeilles, une bande d'exubérants qui, visiblement, sont essentiellement venus là pour *flirter*. Une multitude d'associations sont présentes. Arrivé un peu en avance, je m'assieds au fond de la salle et j'écoute.

Un homme fringant raconte son aventure pour accompagner de jeunes créateurs d'entreprises. De sémillants *parrains* viennent témoigner. Un autre intervenant, affilié aux Aînés Ruraux, fait part de son initiative pour recueillir les témoignages d'anciens, afin d'établir une histoire vraie de la Bretagne au XXe siècle. Un troisième, québécois, dresse sa hure et évoque son engagement dans les *Maisons des Grands-Parents*, institutions nord-américaines qui n'œuvrent pas *en faveur* des retraités mais qui s'interrogent sur ce que ces derniers peuvent *apporter* à leur commune ou quartier.

J'entends tous ces gens suractifs et une évidence me frappe : le troisième âge n'a plus rien à voir avec le quatrième âge ! Nous vivons dans des sociétés absolument cinglées qui ne savent pas utiliser les générations les mieux formées, les plus matures. On cherche à transformer en simples consommateurs des individus qui, de toute évidence, ont les poches pleines de choses à donner, d'idées à faire éclore. Aucun parti politique ne propose actuellement de véritable projet de société, de rôle authentique, à ces gens qui ne se reconnaissent en rien dans les représentations du troisième âge d'il y a trente ans ! Essayez d'appeler *Mamie* une jolie femme de soixante-cinq ans… Vous risquez fort de prendre une claque.

L'autre chose qui me frappe c'est l'esprit incroyablement positif de ces classes d'âge. Avez-vous déjà feuilleté les magazines *Pleine Vie* ou *Notre Temps ?* Il n'est question que de désirs, d'engagement, d'apprentissage, de reprise des études... Rien ne s'est donc produit comme on nous l'avait annoncé : en vieillissant, nos pays ne se sont pas encroûtés, au contraire. Je ne suis même pas loin de penser que les plus de cinquante-cinq ans sont aujourd'hui plus optimistes et positifs que les moins de vingt-cinq.

Il me semble donc qu'il n'est pas raisonnable de repenser notre société sans tenir compte de ce fait majeur : l'avenir de l'Europe passe aussi par le rôle précis que nous saurons donner au troisième âge. *Lire et Faire Lire* est une première démarche concrète. Mais il devrait exister des dizaines de programmes citoyens pris en charge par nos aînés. Ils peuvent aider l'Etat, en multipliant les initiatives, à retrouver une marge d'action réelle. Il ne s'agit pas ici d'inciter la puissance publique à se retirer de ses missions ; mais il est vain de nier que les problèmes humains ne peuvent se régler qu'entre êtres humains. Se priver de l'énergie des anciens est un absurde gâchis collectif qui doit cesser. L'urbanisation a provoqué une transformation de l'habitat qui a cessé de faire cohabiter trois ou quatre générations sous le même toit. Nous avons perdu ce lien essentiel ; mais *comment* le retisser ?

Toute la question est là : par quelles méthodes directes et indirectes allons-nous y parvenir ? *Lire et Faire Lire* connaît un véritable succès parce que cela repose sur une idée simple et peu chère... même si elle a un coût.

20

— *J'ai une idée...*, me lance un jour Fabien Ouaki, PDG des Magasins TATI et auteur d'un livre d'entretiens avec le Dalaï Lama.

— *Folle ou raisonnable ?*
— *Les deux ! Tu veux changer le monde ? Alors utilisons le monde tel qu'il est...*

Ouaki m'explique alors qu'il lui paraît judicieux d'utiliser la logique marchande pour financer l'action militante des associations :

— *Il faut créer une marque sociale.*
— *Pardon ?*
— *Mon idée est de niquer Nike et les autres. Quand tu achètes un produit de marque — qui pratique des marges scandaleuses —, tu verses des royalties aux actionnaires de ces entre-*

prises. Une marque sociale permettrait de verser des royalties à des associations.

— *Tu veux faire du « commerce éthique » ?*

— *Non, aller plus loin. Le commerce éthique enrichit des entreprises privées classiques. Ça reste souvent une ruse marketing. Une marque sociale, elle, appartiendrait à 100 % au tissu associatif.*

— *Pourquoi veux-tu « niquer Nike et les autres » ?*

— *Parce que ces marques n'ont aucun sens, sinon celui de gagner de l'argent. Je souhaite développer une marque qui ait du sens et qui créera de la valeur avec du sens !*

— *Quand ?*

— *Tout de suite, avec* Lire et Faire Lire.

— *Qui y gagnera : l'association ou TATI ?*

— *Les produits seront labellisés* Lire et Faire Lire, *pas TATI. Je suis contre les marques commerciales qui entrent dans les écoles. On crée une gamme de produits utilitaires pour les écoliers, sous la marque* Lire et Faire Lire, *pour financer le boulot de l'association. Et on nique Nike et les autres !*

— *Quel intérêt as-tu à faire cela ?*

— *TATI sera le bénéficiaire d'un contrat de*

licence. On développera cette marque pour vous. Et les bénéfices iront à l'association.

— *Je répète : où est ton intérêt ?*

— *Pour l'image de TATI, c'est excellent. Pour les salariés de TATI aussi, puisque les vendeuses et vendeurs participeront aux campagnes de recrutement des bénévoles. Financièrement, j'y perds. Si on vous avance 100 000 Euros en minimum garanti sur les royalties de 6 %, il faudra que je vende pour environ 1,5 million d'Euros de produits pour que je m'y retrouve. A court terme, on n'y arrivera pas ! Mais ça crée une dynamique intelligente.*

— *Alors pourquoi veux-tu faire ça ?*

— *Pour pérenniser votre action, et parce que je suis séduit par la démarche du* Relais Civique. *Si* Lire et Faire Lire *s'appuie sur une marque, cette marque qui a du sens prendra de la valeur au fil du temps et permettra de créer de la valeur avec du sens. Je vous aide au début, parce que vous n'y connaissez rien. Ensuite, ce sera à vous de vous approprier cette marque, de la gérer.*

— *Je trouve ça bizarre, cette idée : mélanger l'associatif et le commercial...*

— *Quand un enfant achète un produit, tu préfères qu'il enrichisse les actionnaires d'une marque commerciale ? Tu trouves ça plus moral ? De toute façon, il faudra bien que les enfants achètent des cartables et des trousses à la rentrée ! Autant que cet acte ait du sens.*

— Ce ne serait pas plus simple de faire un contrat de sponsoring classique ?

— Pour que tous les ans tu recommences à faire la quête, que tu mettes en péril ce que vous avez accompli ? Merde, il faut repenser le financement du monde associatif ! Utiliser le système capitaliste en le détournant.

Cette conversation m'a laissé perplexe, inquiété puis plongé dans la jubilation. Après tout, le *Relais Civique* a été créé pour favoriser l'innovation sociale. Et je raffole de l'expérimentation !

En septembre 2002 sera donc mise en vente chez TATI la première gamme de produits *Lire et Faire Lire*. Un an après, les comptes seront publiés sur notre site internet « lireetfairelire. org ». Cette stratégie déclenchera sans doute des débats épidermiques, interpellera tous ceux qui placent le débat d'idées sous la surveillance de leur frilosité. Tant mieux ! Notre aventure est celle d'hommes et de femmes amoureux des questionnements. Je hais les gens qui thésaurisent des certitudes.

21

— *Si je suis élu,* me dit un candidat à l'élection présidentielle, *je pourrai mettre en œuvre ce que je vous dis.*
— *Pourquoi ne commencez-vous pas ?*
— *Parce qu'il faut les moyens de l'Etat pour mettre en œuvre notre programme.*
— *Si vous n'engagez pas dès maintenant, dans les mairies et les Conseils généraux, ou en vous appuyant sur des associations, une partie de ce que vous dites, personne ne vous croira jamais.*

Cette conversation, je l'ai eue à plusieurs reprises, avec des candidats de foi différente. Tous semblaient pénétrés de l'idée que pour agir il faut disposer de fonctions exécutives. Cette étrange croyance leur paraissait même une évidence. Comme si les militants associatifs de ce pays ou de causes aussi diverses que ACT UP, ATAC ou SOS-Racisme comptaient pour du beurre. L'Appel du 18 Juin et la Résistance furent-ils des élans négligeables ? A ma connaissance, Gandhi n'eut jamais l'intention de se faire élire ; ce qui n'a pas nui à son efficacité. Jean Monnet non plus ne crut pas nécessaire de faire l'important à Matignon. Son œuvre peut-elle être qualifiée de mineure ?

J'irais même jusqu'à penser que les tournants essentiels de la vie des nations furent rarement pilotés par les officiants institutionnels. Qui aura plus pesé sur le destin de la France : Jacques Delors à Bruxelles, assumant le rôle de maître d'œuvre de la construction européenne, ou la cohorte des Premiers ministres malmenés par François Mitterrand ? On le sent bien, chaque fois que des hommes pensent qu'une fonction officielle leur donnera du pouvoir, ils affaiblissent cette fonction. A l'inverse, lorsque des hommes et des femmes prêtent à une institution leur crédit personnel, leur fougue créatrice, ils la renforcent.

C'est pour cela qu'il m'a toujours paru essentiel d'inciter les candidats de tous poils au passage à l'acte, *avant* de solliciter des suffrages. L'un d'entre eux s'indignait de ce que la France ne dispose pas d'un statut de l'élu similaire à celui que connaît l'Allemagne, afin de réduire la proportion de fonctionnaires au Parlement et d'assurer une égalité réelle entre les salariés du public et du privé devant le risque électoral. Mais une loi était-elle nécessaire ? Je lui ai suggéré de manœuvrer pour amener les branches professionnelles à mutualiser ce risque. Après tout, on peut voir cela comme un problème d'assurance. Le simple démarrage d'un tel processus aurait contraint la classe politique à voter un statut de l'élu. L'idée lui plaisait ; il ne l'a toujours pas fait.

Un autre candidat vociférait à juste titre contre la délinquance juvénile. Je lui ai proposé de mobiliser les maires de son parti pour qu'ils s'engagent à faire appliquer les peines prononcées par les tribunaux de leur localité. Cela ne nécessitait pas de disposer de la majorité à l'Assemblée. C'était simple. L'idée le séduisait ; il ne l'a pas fait. Toujours ce problème du passage à l'acte, cette difficulté à inscrire des paroles dans le réel.

Il me paraît pourtant évident que l'on n'obtient du crédit qu'en servant d'abord un peuple. Commencer à solliciter ses suffrages n'est certainement pas la meilleure méthode ! Or sans crédit, on n'accomplit pas grand-chose de décisif le jour où l'on s'installe dans les dorures des ministères. Et puis, il me semble que la question des moyens nécessaires pour agir reste l'éternel alibi des timorés qui ne passeront jamais à l'acte. La question du tempérament, de l'envie, elle, est première.

Un jour que je demandais à Jacques Attali pourquoi l'œuvre de Mitterrand était finalement si mince — alors qu'il disposait d'une énorme attente populaire en 1981 —, au regard de celle des débuts de la Ve République, il eut cette réponse lucide :

— *En 1945 et en 1958, la France disposait d'une génération d'hommes qui avaient été trempés par la Résistance, qui étaient passés à l'acte. Quand vous êtes à l'Elysée, vous dépendez de la qualité des hommes et des femmes que vous allez nommer à des postes clefs. En 1981, nous disposions d'une génération d'énarques qui n'avaient rien vécu... De Gaulle a eu la chance, historique, de pouvoir puiser dans le vivier de la France combattante.*

Puis il défendit avec entrain certains aspects de l'action de François Mitterrand ; mais l'essentiel était dit : la qualité des hommes, leur capacité à passer à l'acte. Il était clair que Bir Hakeim, la clandestinité périlleuse ou le Vercors produisirent un autre type d'êtres humains que le concours d'entrée de l'Ecole Nationale d'Administration.

Deux ans après avoir prononcé ces paroles, Attali devait se lancer dans une aventure qui, actuellement, accapare une bonne part de son énergie créatrice : le développement du microcrédit comme outil d'enrichissement du tiersmonde. Il passe à l'acte, en s'appuyant sur cette pratique modeste qui porte ses fruits, là où les grands systèmes publics traditionnels échouent depuis des décennies. J'aime que cet homme se soit éloigné de l'illusion du pouvoir officiel pour promouvoir des pratiques simples, éprouvées. Il y a là tout un symbole.

— *Ça fonctionne comment votre système ?*
— *Planetfinance fédère 8 000 banques dans le monde qui font du microcrédit auprès de 20 millions de bénéficiaires,* me répond Attali. *Le*

taux de réussite des remboursements, dans les délais, est de 98 %. En l'espace de trois ans, 48 % des emprunteurs sortent de la grande pauvreté. Ça marche !

— Et en France, qu'est-ce qu'on attend pour utiliser cet outil ?

— Chez nous, il n'y a que trois banques qui pratiquent le microcrédit et 30 000 bénéficiaires. C'est dérisoire.

— Pourquoi ?

— Une foule de réglementations absurdes bloquent le système. On est dans une situation caricaturale : l'innovation sociale marche mieux dans le tiers-monde qu'en France !

Jacques Attali s'emporte, s'insurge, s'enthousiasme. Il croit en cette pratique. Je le sens sans illusion sur les paralysies que génère sans relâche un Etat. Aujourd'hui il est heureux d'agir.

Les fonctions officielles ne sont donc qu'une des modalités de l'action politique. Elles ont, par ailleurs, le défaut cruel de ravager la vie privée de ceux qui les occupent. Comment aimer de façon déraisonnable une femme en menant une existence de ministre ou de député ? Comment demeurer un père véritable en passant ses soirées à serrer la cuillère d'inconnus qui, au fond, vous indiffèrent ? Le prix personnel qu'acquittent les élus me semble exorbitant, voire absurde, si on le rapporte à l'efficacité réelle de leur engagement.

Pour toutes ces raisons, je suis heureux de m'occuper de la cité en refusant de me faire élire, en n'ayant pour ambition que de demeurer un homme politique sans poste officiel, un piéton dispensé de couleuvres à avaler. J'imagine que cette griserie doit être partagée par une bonne partie des militants associatifs. Pourquoi tomber sous la surveillance des partis ? Je n'éprouve aucun goût pour la servitude peu utile.

22

Aujourd'hui j'ai peur. Les difficultés qu'affronte notre pays ne peuvent plus être réglées par une façon de gouverner dont l'efficacité reste marginale. Si la gauche et la droite s'inspirent de philosophies différentes, leurs pratiques gouvernementales réelles sont très souvent similaires. Tous négligent de rénover le « comment » de l'action. Tous persistent à croire aux mesures législatives, structurelles et quantitatives, les trois totems autour desquels s'organisent nos rituels politiques. Pourquoi cela changerait-il puisque, en définitive, cette approche n'est pas sanctionnée ? Pour gagner une élection, il suffit que l'autre camp perde ; ce qui finit toujours par arriver !

La façon dont le candidat Lionel Jospin a présenté son bilan est symptomatique. Pas une seconde il ne s'est lancé dans une évaluation des services rendus par ses ministres à la population : combien d'enfants sortent de l'école primaire en sachant vraiment lire, le temps d'intervention des forces de police lorsqu'on les appelle, le nombre de lits d'hôpitaux affectés aux soins palliatifs en fin de vie, l'efficacité réelle des mesures de retour à l'emploi, la sécurisation de notre alimentation, la beauté des villes, que sais-je encore. Ce qui fait notre existence, en somme.

Tel un industriel de l'après-guerre, plus soucieux du travail de ses ingénieurs que de la satisfaction de ses clients, le candidat de la gauche a évoqué avec fierté ses *grandes lois,* les trente-cinq heures, la parité, puis le passage à l'Euro, l'augmentation des dépenses d'Education, etc. Tout cela est indéniable, et parfois nécessaire ou sympathique ; mais ce bilan juridique ou quantitatif est révélateur de la culture administrative de ses équipes : ces gens raisonnent à partir de ce qu'ils font et non de ce que nous recevons effectivement ! Et ils continuent à croire qu'intervenir sur les lois, les structures et les budgets provoquera une action sur la réalité. Comme si la couverture universelle de l'assurance maladie

— qui reste une avancée formidable — était suffisante pour traiter les populations les plus marginalisées ! Je me fiche qu'il fasse ce qu'il dit si ce qu'il fait n'a qu'une incidence modeste, voire carrément insuffisante, sur la réalité.

De même, le candidat Jacques Chirac me trouble lorsqu'il annonce, pour vaincre la délinquance, la création d'un *grand* ministère de la Sécurité, le retour de *l'impunité zéro,* la nécessité de *renforcer le rôle des collectivités locales* dans la lutte contre l'insécurité, etc. Chaque fois, j'ai envie de répondre : *en pratique, sur le terrain, comment va-t-on s'y prendre ? Quelles méthodes nouvelles ce « grand ministère » va-t-il appliquer pour que ça change réellement ?* Au fond, c'est le service rendu qui concerne le peuple, pas la tuyauterie. Les équipes de la droite raisonnent à peu de chose près comme celles de l'autre bord : en agissant sur les structures, ces incorrigibles continuent à croire que cela va changer le monde réel de façon significative. Ce mode de raisonnement échoue depuis trente ans, et ils persistent, avec une tranquillité déconcertante ! A chaque élection, on nous refait le coup des *grandes lois d'orientation,* des *grandes* options ! Au lieu de faire confiance à l'esprit d'innovation des citoyens, des salariés, des fonctionnaires, des entrepreneurs, des syndicalistes, des militants associatifs. Et un an après, passé l'euphorie des élections — qui va en diminuant —, tout le monde se retrouve dégrisé, enlisé dans les *petites* réalités qui pèsent si lourdement dans nos vies. Et le Front National, lui, ne cesse de prospérer...

Développer la police de proximité n'aura qu'un effet réduit si l'on ne repense pas les méthodes que ces forces appliqueront. Faut-il, par exemple, que les flics se contentent de patrouiller dans le quartier ou serait-il plus efficace qu'ils consacrent quelques heures par semaine à militer dans une association locale pour *faire quelque chose avec la population* ? Ce qui, naturellement, induit un autre type de relations. Cette tactique indirecte a été employée de façon systématique à Chicago et, en France, par des compagnies de transport en commun qui ont prié leurs chauffeurs, toujours en grève, de s'impliquer ainsi dans la vie des cités qu'ils desservent. Les résultats furent significatifs, ici comme en Amérique. Mais il existe des centaines d'expériences de ce type. Encore faut-il avoir la passion de les étudier, de les évaluer, de les étendre, et l'humilité d'apprendre des expériences étrangères.

Promettre un système de formation permanente à la portée de tous — l'une des belles propositions du parti socialiste — peut n'avoir qu'une incidence limitée sur l'employabilité de la population active si ce programme est mis en œuvre par des gens qui n'ont pas prouvé la pertinence des processus concrets qu'ils appliqueront. Je parle ici de l'effet réel d'une mesure gouvernementale, pas de l'intention affichée. Ainsi, par exemple, comment s'y prendre pour persuader les salariés de démarrer une nouvelle formation *avant* qu'ils ne se fracassent dans le broyeur des difficultés en chaîne ? L'être humain a tant de mal à se remettre en question sans que le destin lui botte le cul... A quels réseaux inattendus doit-on confier cette tâche pour impliquer les populations les plus rétives à l'idée même de formation permanente ?

Pour ce qui est de la violence dans les collèges, j'ai obtenu du magazine *l'Express* qu'il publie, le 21 mars 2002, une charte de douze mesures concrètes à mettre en œuvre. Elles ne sont pas nées dans mon cerveau mais d'expérimentations menées par les personnels de l'Education nationale. Vous pouvez lire en annexe le résultat de ces travaux collectifs. Par cet exemple concret, nous avons voulu montrer ce que pourrait être une politique fondée sur des expériences positives, une politique qui partirait du réel. On est très loin des discours généraux traditionnels, de l'éternel *toujours plus* ou des déclarations grandiloquentes.

En accomplissant ce travail d'enquête, je suis tombé des nues en m'apercevant que les partis politiques traditionnels ne l'avaient pas fait ! C'est à peine croyable, mais vrai. S'il est exact que de rares individualités se sont penchées sur quelques cas concrets, il n'entre pas dans la culture des partis de procéder de façon systématique à ce type d'études. Leurs *boîtes à idées* et autres *clubs* avancent des suggestions sans procéder à une enquête approfondie sur les expériences réussies, en France et ailleurs. Le *bench marking* fonctionne couramment dans l'industrie, pas dans les partis. L'amateurisme — et le mot reste courtois — le plus complet règne sans que personne s'en alarme. Le *comment faire concrètement lundi prochain* est renvoyé à plus tard, considéré comme un ensemble de tâches sans éclat que l'on confiera en temps utile à quelques subalternes.

Alors je me suis pris de colère : il n'est pas normal qu'un type comme moi, auteur de romans, s'échine à faire ce boulot ! Ce travail de terrain qui, naguère, fut entrepris par un Edmond Maire, un Michel Rocard, un José de Bidegain ou un Claude Alphandéry ! Aujourd'hui j'en vois les limites. D'abord parce que mes amis du *Relais Civique* et moi le faisons mal, sans professionnalisme. Nous avons tous des métiers ; notre engagement civique est bénévole. Le *Relais Civique* fonctionne donc cahin-caha, avec des moyens de fortune. Et puis je n'ai pas pour vocation de financer avec mes droits d'auteur le déficit d'efficacité de la puissance publique ! Pas plus que les militants du *Relais Civique* !

23

Alors je propose quelque chose : une idée simple et nécessaire, une méthode raisonnable pour redonner rapidement du pouvoir à notre Etat. Je veux que la France se dote au plus vite d'un organisme public indépendant d'un type nouveau : une *Agence des Pratiques*, aussi nécessaire pour gouverner — sinon plus — que ne le fut le *Commissariat au Plan* créé après la Seconde Guerre mondiale. En pleine reconstruction, le Plan paraissait utile. Il fallait alors dessiner les bases de l'économie. Aujourd'hui, il me paraît urgent que les politiques publiques s'inspirent du réel, de *pratiques* et non plus des *idées* de tel ou tel hiérarque. Cette *Agence*, composée de responsables dont les attributions seraient calquées sur la structure du gouvernement, aurait pour fonction de repérer et d'évaluer les expériences réussies susceptibles d'être répliquées. Celles qui, chez nous ou ailleurs, démontrent qu'il est possible d'atteindre les objectifs que se fixent les pouvoirs publics. La créativité de la société civile et des administrations serait son véritable carburant. Mieux vaut copier ce qui marche que ce qui rate !

La triple mission de cette institution inédite serait de modéliser les méthodes novatrices sous forme de protocoles, d'appliquer une stratégie claire de diffusion de ces méthodes et de constituer le lobbying médiatique sans lequel tout homme ou femme public reste impuissant. L'*Agence des Pratiques* serait également chargée de fédérer les individus, organismes divers, partenaires économiques ou associatifs susceptibles d'avoir *intérêt* ou *envie* que s'étendent au niveau national les meilleures pratiques. Mon obsession reste de mettre des noms en face des idées, des noms de gens capables et désireux de passer à l'acte. Les approches théoriques — sociologiques ou autres — ou explicatives seront écartées. Il n'est pas question ici de créer un institut de recherche mais bien un outil opérationnel de diffusion des méthodes les plus pertinentes. Le *pourquoi ça va mal* nous intéresse moins que le *comment et avec qui ça va aller mieux* dans un délai le plus court possible.

Les solutions très concrètes qu'une telle *Agence* préconiserait renouvelleraient l'alliance entre la puissance publique et la société civile ; car l'objectif de cette démarche est clairement de redonner des marges d'action à l'Etat en lui apprenant à faire participer la société au règlement de ses propres difficultés. Qu'on ne s'y trompe pas : je n'attaque pas ici notre Etat, cette machine irremplaçable qui a fait notre pays. Mon désir est de l'aider à redevenir fort en organisant autour de pratiques simples le soutien que la société civile peut lui apporter.

Les *clients* de l'*Agence des Pratiques* pourraient être de trois types : les différents ministères, les groupes parlementaires représentés à l'Assemblée et au Sénat ainsi que les élus locaux (présidents de Conseils généraux, de Région, maires). Dès qu'un homme politique s'interroge sur le *comment et avec qui* atteindre un but, il doit pouvoir se retourner vers ce service. Il ne faut plus que l'on vote des lois sans avoir étudié au préalable les tactiques, les méthodes et les partenaires qui leur donneront quelque chance d'avoir un impact réel.

Deux précautions me semblent nécessaires pour préserver l'*Agence des Pratiques* de toute dérive bureaucratique. D'une part, son existence devrait être provisoire. Deux ou trois années me paraissent un maximum. Aucune organisation humaine ne sait être créative sur une longue durée. Sans doute faudrait-il même afficher dans le hall d'entrée le nombre de jours restant avant la dissolution de cette institution. Créer un sentiment d'urgence me paraît important.

D'autre part, l'Agence ne fonctionnerait pas comme une institution traditionnelle pyramidale mais en réseaux, en copiant les mœurs d'une rédaction de newsmagazine, de quotidien ou de chaîne de télé. J'imagine même les locaux aménagés sur le modèle d'une véritable salle de rédaction. Il n'est pas ici question de refaire une machine à fabriquer de l'inertie ! Ce lieu n'aura de sens que s'il canalise le merveilleux désordre de la vie, s'il reste ouvert aux pratiques les plus inattendues. Pourquoi ? Parce que les méthodes les plus efficaces sont souvent indirectes. Quand le *Relais Civique* a commencé à réfléchir sur l'échec scolaire, nous étions très loin de penser que nous finirions par parier sur un programme ludique impliquant des papys et des mamies !

Les démarches indirectes présentent l'avantage de ne pas activer les forces de résistance que rencontrent toutes les injonctions et actions ouvertes. Cela explique une grande partie de l'inefficacité des politiques publiques : elles sont trop souvent explicites, parce que les élus veulent qu'on puisse les mettre à leur crédit. On veut développer le civisme ? On crée aussitôt des cours d'éducation civique à l'école ! C'est enfantin. Le *service learning* des Américains est infiniment plus performant. De même, la force de *Lire et Faire Lire* réside-t-elle dans ses effets induits. Actuellement, toutes les politiques qui visent à réduire la mortalité sur la route ont une approche directe ; avec les piètres résultats que l'on sait. Quel manque navrant de créativité ! Si la charte de *l'Ecole Ouverte* constitue un bon outil de lutte contre la violence — parmi d'autres —, c'est aussi parce qu'il ne s'affiche pas comme tel. L'*Agence des Pratiques* pourrait être une merveilleuse école des stratégies indirectes auxquelles nos hommes et femmes politiques ne sont pas encore accoutumés.

Naturellement, un telle *Agence* ne peut être

qu'indépendante, à l'image du Conseil Supérieur de l'Audiovisuel, du Médiateur de la République, de la Commission des Opérations de Bourse, de la CNIL et de toutes les institutions qui jouissent du statut d'Autorité Administrative Indépendante. Pourquoi ? Tout d'abord parce que cette approche expérimentale ne saurait appartenir à une sensibilité politique plus qu'à une autre. Ensuite, le travail de prospection et la mobilisation des partenaires ne pourront être réalisés correctement que si les enquêteurs ne sont pas perçus par la société civile comme des représentants d'un pouvoir marqué politiquement. J'affirme cela après avoir vécu l'expérience du *Relais Civique* : si j'avais eu une couleur politique ou si j'avais été ministre de l'Education, jamais *Lire et Faire Lire* n'aurait été un succès. La neutralité des responsables — ainsi que leur crédit personnel — est le gage de leur efficacité.

Par souci de cette même efficacité et pour aller vite — la réactivité d'une telle institution est essentielle —, il conviendrait de faire coopérer dans cette Agence trois types de citoyens : des hauts fonctionnaires atypiques connaissant bien les réflexes de leur administration d'origine, des reporters diligents et des membres actifs d'associations de terrain. L'intérêt général commande de faire enfin travailler ensemble les univers médiatiques, associatifs et administratifs. Aujourd'hui, ces trois cultures se croisent sans se rencontrer vraiment, et sans se féconder.

Les militants associatifs et les journalistes, par nature, voient beaucoup de choses, infiniment plus que n'en perçoivent les politiques ou les hauts fonctionnaires. Ils sont au courant, chacun dans leur domaine de prédilection, d'une foule d'expériences locales — surtout les plumes qui écrivent dans la presse quotidienne régionale. Avant de commenter, de s'indigner parfois, les journalistes les plus sérieux enquêtent, interviewent, recoupent leurs infos. Leur culture professionnelle constitue un atout indéniable pour notre pays. D'autre part, leurs réseaux d'influence permettront de faire avancer les pratiques qu'ils auront repérées. Un homme politique écoutera toujours avec attention un journaliste attaché à un média puissant, alors qu'il négligera plus facilement un rapport produit par ses propres services.

Mais, me direz-vous, pourquoi intégrer des hauts fonctionnaires au sein même de l'*Agence*? Parce que ces derniers me paraissent irremplaçables pour flairer les blocages, contourner les forces d'inertie. Ils repéreront mieux que quiconque les terrains minés, jusqu'où l'audace dans le changement peut aller. Et puis, il faut des sherpas pour pénétrer le maquis administratif, des traducteurs pour ne pas heurter inutilement certaines sensibilités. De surcroît, les grands corps de l'Etat toléreront mieux l'action de cette Agence s'ils ont un pied dedans. Il faut qu'ils participent à cette aventure.

Mais revenons aux gens de presse. A mes yeux, ce sont les *personnes clés qui correspondent à mon idée*. L'*Agence* devra donc être placée sous leur leadership. Qu'on le veuille ou non, un journaliste de renom ou une personnalité médiatique a plus de poids en France qu'un député. Or il faut à tout prix que la société civile se fasse entendre au sommet de l'Etat. Mais les hommes et femmes de médias n'accepteront de coopérer avec une institution aussi originale — en étant rémunérés comme s'ils étaient employés par un organe de presse — que s'ils ont la certitude qu'elle est pilotée en toute indépendance, dans le strict souci de donner la parole à la créativité de la société civile. Pour garantir cela, le statut des Autorités Administratives Indépendantes me semble donc idéal.

Mais tout dépendra des individus qui prêteront leur talent à l'*Agence des Pratiques*. Naturellement, il va de soi que je n'envisage pas de piloter un tel système. En parodiant Cocteau, je dirais qu'il faut savoir jusqu'où ne pas aller trop loin. Et puis, notre pays regorge de caractères qui ont montré leur aptitude à renforcer une fonction. Une personnalité intègre et respectée, issue du monde du journalisme, ferait très bien l'affaire. Il y en a Dieu merci un certain nombre dans notre pays. Libre à lui ou elle, ensuite, de constituer son *gouvernement* d'enquêteurs, sorte de *shadow cabinet* issu de la société civile dont les membres se consacreront à l'Intérieur, à la Justice, à l'Education, à la Ville, aux Finances, à l'Industrie, etc.

Alors, je le sais, une part des politiques, assoupis dans leurs méthodes courantes, gavés d'habitudes, rétorqueront qu'ils n'ont pas besoin du secours d'une telle institution non institutionnelle. Hélas, je crains que la question des pratiques ne leur paraisse toujours secondaire, voire accessoire, une affaire pour besogneux. Ou alors ils qualifieront cette approche de gadget, en arguant que leurs *services* sont tout à fait compétents, leurs *experts* omniscients et leur parti suffisamment fécond ou en phase avec la réalité sociale. Les plus astucieux rétorqueront que ce que je réclame existe déjà dans tous les ministères — ce qui est parfois exact, de manière très embryonnaire et follement bureaucratique —, que le Conseil Economique et Social est là pour ça, alors que cette institution somnolente est tout sauf un outil de combat ! Soyons sérieux, il faut sortir de l'amateurisme ou de la logique des *rapports* que, périodiquement, les ministres commandent à tel ou tel individu ou commission. Ces *rapports* sont des bilans traditionnels, parfois bien faits, rarement axés sur les pratiques effectives ou l'étude des expériences positives. D'autre part, ils sont rédigés par des gens qui n'auront jamais la force de frappe des gens de médias. La France n'investit pas assez d'argent dans la préparation de ses décisions publiques. Dans l'industrie automobile, les ingénieurs passent leur temps à démonter les moteurs de leurs concurrents. Au sein de nos ministères, on ignore superbement les pratiques des Etats étrangers ; je le répète, le *bench marking* reste un usage exotique.

Ah, si ce projet pouvait refaire notre pays très grand dans le monde en en faisant un foyer d'innovations sociales ! Si une telle organisation pouvait grouper des âmes, rendre l'action publique plus créative, redonner des ambitions réalistes à nos politiques ! Alors, si vous en avez assez que nos gouvernements n'aient qu'une action marginale sur la société, qu'ils méconnaissent à ce point le savoir-faire de ceux qui, sur le terrain, innovent chaque jour ; bref, si vous souhaitez contribuer à ce que nos gouvernements changent de mode d'action pour faire reculer l'extrémisme, je vous propose une tactique qui a fait ses preuves : celle d'Amnesty International, à qui je rends hommage.

Depuis longtemps, les membres de cette ONG attirent l'attention des autorités des dictatures en écrivant aux crapules qui trempent dans la répression : officiels divers, directeurs de prisons, etc. Ce courrier surprend, déroute, empêche le silence et redonne espoir aux prisonniers d'opinion, aux victimes de tortures. Nous sommes ici dans un contexte qui n'a rien à voir ; mais cette méthode simple et digne me paraît convenir au combat que je mène pour que le minimum redevienne un minimum dans mon pays.

Tout d'abord parce que cela permettra à chacun de faire quelque chose pour avancer sur la voie d'un mieux-être collectif, plutôt que de rejoindre la cohorte de ceux qui voient le Front National prospérer sans lever le petit doigt. Or je crois essentiel que nous sortions de la logique puérile qui consiste à élire tous les cinq ans des gens à qui nous déléguons nos responsabilités. Nos élus légitimes ne sont pas nos parents. Peut-être est-il temps de démarrer une relation adulte avec notre classe politique républicaine. Ce qui suppose d'agir, même modestement ; et de leur parler d'égal à égal.

Je vous propose donc d'écrire individuellement au chef de l'Etat, de personne à personne, afin de réclamer la création sans délai d'une *Agence des Pratiques*. Pour que la société civile fasse entendre son esprit de création, notamment au travers de ses associations, elle doit exiger que ses méthodes soient au moins connues des politiques. On ne gouverne le réel qu'en partant du réel. Si les lois sont bien sûr nécessaires, elles n'ont jamais donné d'énergie. Il nous faut radicalement renouveler le *« comment »* agit l'Etat. Maintenant.

Ecrivez donc à l'adresse suivante : Président de la République, Palais de l'Elysée, 55, rue du Faubourg Saint-Honoré 75008. Écrivez avec votre cœur. Ecrivez à un homme assiégé par des forces d'inertie. Ecrivez en employant vos mots, pas ceux des professionnels de la chose publique. Ecrivez pour que l'*Agence des Pratiques* voie enfin le jour, pour deux ou trois petites années. Ecrivez parce que voter ne suffit pas. Même si nous ne sommes pas nombreux à le faire, il y a des choses qui doivent être dites par les citoyens eux-mêmes. Mon objectif n'est pas de pétitionner ou de déclencher un mouvement épistolaire de masse — je n'utiliserais pas un livre pour cela, mais la télévision; mon but est de faire en sorte que de simples citoyens français trouvent les mots justes, les leurs, pour persuader les Princes qui tentent désespérément de nous gouverner. Parfois, il suffit d'une parole ajustée d'homme ou de femme de foi. Que leur dire, sinon que les réformes de structures et les lois divisent les Français, alors que les changements de pratiques pourraient les fédérer et combattre l'extrémisme de façon positive.

Cessons de croire que, par la vertu d'un gouvernement surgi des urnes, une ère miraculeuse va nous faire une France nouvelle. Les nouveaux occupants des palais officiels ont eu des voix, mais ont-ils conquis le pouvoir sur le réel? Ont-ils même gagné les esprits dans un pays qui, quarante-huit heures avant le premier tour de l'élection présidentielle, comptait encore 40 % d'indécis ? Dans une société où, pour être victorieux, il faut être un peu moins rejeté que son adversaire ? Face à la montée du Front National, si nous ne voulons pas faire le deuil des rêves de notre République, il va falloir que nous donnions du pouvoir à nos élus, quels qu'ils soient. Même s'ils ne vous plaisent pas, une chose est certaine : nous les avons pour cinq ans.

Aidons-les, avant que Le Pen ne marque d'autres points.

ANNEXES PRATIQUES

1°) Nous lançons également ici un appel à tous ceux qui souhaiteraient devenir *correspondant* de l'*Agence des Pratiques*, si les pouvoirs publics acceptaient de la créer. Un *correspondant* peut être un simple citoyen, une association ou n'importe quelle structure désireuse de participer au repérage et à l'extension des pratiques positives. Il nous a semblé que si une masse significative de *correspondants* se manifestaient, le nouveau gouvernement serait plus enclin à donner une suite favorable à notre demande. Dans votre courrier de candidature, nous vous prions de bien vouloir détailler vos centres d'intérêt ainsi que vos domaines d'action. Chacun, là où il se trouve, est à même de voir ce que d'autres ne voient pas, de faire connaître et d'évaluer des pratiques isolées et efficaces. Naturellement, cet engagement civique serait bénévole ; et nous demandons à ceux dont la détermination est chancelante de ne pas se porter candidat. Pour des raisons d'organisation, nous ne garantissons de réponse systématique que si l'*Agence des Pratiques* est effectivement constituée.

Votre courrier peut être adressé, soit par e-mail sur le site :
http : // www. relaiscivique.info
soit par courrier à l'adresse suivante :
Relais Civique
67, place du Dr Félix Lobligeois
75017 Paris

2°) Si vous souhaitez participer à nos programmes, la marche à suivre est la suivante :

- Pour *Lire et Faire Lire*, il suffit d'appeler d'un poste fixe le **0 825 832 833**. Cette ligne unique — offerte par France Telecom — permet de router les appels vers le bureau de votre département. Vous tomberez soit sur la FOL (Fédération des Œuvres Laïques) soit sur l'UDAF (Union Départementale des Associations Familiales) qui gèrent de concert le programme. Si vous souhaitez devenir bénévole, laissez votre nom et vos coordonnées. Vous serez rappelé dès que nous aurons trouvé une école d'accueil près de chez vous. Cela peut prendre un certain temps. Si vous êtes enseignant ou directeur d'école primaire ou maternelle, et que vous souhaitiez participer à cette opération — qui concerne les classes de grande section de maternelle, de CP, CE1, CE2 et désormais de CM1 et CM2 — inscrivez votre établissement. Nous avons très probablement des bénévoles disponibles près de chez vous.

Pour tout renseignement précis (charte de fonctionnement de *Lire et Faire Lire*, documents officiels parus dans le *Bulletin Officiel de l'Education nationale*, assurances, etc.), appelez-nous ou visitez notre site internet :
www. lireetfairelire. org

- Pour participer au programme *1000 mots* en devenant lecteur-tuteur auprès de jeunes en prison, envoyez votre demande par courrier à l'adresse suivante :

1000 mots
Relais Civique
67, place du Dr Félix Lobligeois
75017 Paris

Actuellement, le programme ne fonctionne qu'en Ile-de-France ; mais vos candidatures venant d'ailleurs nous permettraient d'implanter *1000 mots* plus rapidement sur le reste du territoire.

3°) Charte parue dans *l'Express*, le 21 mars 2002. Il s'agit ici de la version intégrale. Le document effectivement publié était plus succinct, car il se trouvait accompagné de reportages très éclairants, signés Claire Chartier.

DOUZE PROPOSITIONS PRATIQUES POUR EN FINIR AVEC LA VIOLENCE AU COLLÈGE

Le *Mammouth* est créatif, qu'on se le dise. Les solutions à la violence que nous avons repérées se trouvent dans l'Education nationale et non ailleurs.

D'entrée de jeu, tordons le cou à trois idées reçues. Tout d'abord, s'il est bien sûr archinécessaire de rétablir l'autorité, il n'est pas raisonnable de s'en tenir à des propos incantatoires. Ensuite les propositions que nous avançons ont un coût modeste. La question des moyens ne constitue donc pas le cœur du débat sur la violence. Pour la faire reculer, il faut avant tout changer de *pratiques* dans les établissements. Enfin, il faut rappeler qu'un problème aussi complexe ne peut être résolu par une thérapie unique. La solution à la violence paraît bien résider dans un ensemble de pratiques qui, isolément, restent toutes insuffisantes.

Ces pratiques coordonnées, nous les avons vues réussir. En les propageant, nous pensons qu'il est possible de changer radicalement l'atmosphère au sein des collèges en difficulté. Dans un univers aussi réactif que celui de l'Education nationale, les discours, parce qu'ils font référence à des croyances et des représentations abstraites, divisent ceux qui les reçoivent. Ce qui fédère et fait progresser, ce sont les pratiques à l'efficacité vérifiée.

1ᵉʳ point. Traiter le noyau dur d'élèves en perdition qui déstabilisent les collèges.

Trop souvent, un noyau de quelques dizaines d'élèves perturbe gravement la scolarité de quatre à six cents élèves. Les exclure ne change rien puisque l'obligation de la scolarité jusqu'à 16 ans conduit les établissements à se les refiler. Actuellement, le Ministère n'offre aucune réponse concrète à ce problème. A Ajaccio et dans trois autres départements fonctionne sous l'égide de la Ligue Française de l'Enseignement un système qui expérimente une solution efficace. Par le biais d'une convention, les « jeunes difficiles » sont exclus temporairement du collège tout en restant scolarisés. Ils sont alors confiés pour une durée de trois semaines à une structure associative au sein de laquelle ils bénéficient d'un suivi personnalisé. Pendant ce temps-là, on tente de recoller les morceaux de famille qui subsistent pour épauler l'adolescent. Ce système de suivi quasi individuel parvient à en remettre un sur deux en moyenne dans le circuit scolaire.

Si le ministre signait une convention nationale avec la Ligue Française de l'Enseignement — qui est favorable à une telle initiative — et avec d'autres associations pour étendre ce système partout en France, cela offrirait aux établissements, aux profs et aux jeunes difficiles un temps pour SOUFFLER, afin de mieux repartir. Le suivi personnalisé de ces jeunes permet de les faire sortir du rôle qu'ils jouent devant les autres et de leur donner ensuite un adulte référent.

2ᵉ point. Développer l'accueil des jeunes au collège en dehors du temps scolaire.

Nous devons créer les conditions d'une généralisation du système dit *Ecole Ouverte*, l'une des initiatives les plus efficaces de ces dernières années. Ce dispositif permet aux élèves de retourner dans leur collège le mercredi, le samedi et pendant les petites vacances. Pour y faire quoi ? Du soutien scolaire, des activités culturelles, sportives, et des ateliers qui répondent aux envies exprimées par les adolescents. *Ecole Ouverte* crée de l'espace et du temps pour mettre en place des stratégies de contournement. C'est là que les élèves et les personnels volontaires apprennent à se percevoir différemment. C'est également là que l'on apprend à s'approprier le collège. C'est aussi là que l'on profite des installations sportives au lieu de zoner dans les cages d'escaliers.

Seuls 24 % des collèges de ZEP-REP sont impliqués dans l'opération Ecole Ouverte, *avec des disparités qui vont de 0,63 % à 84,21 % de ces collèges, selon les Académies. Pourquoi pas davantage ? Parce que le dispositif n'incite pas les profs à s'impliquer plus largement (ils ne sont payés que 62 francs net de l'heure !). Le personnel encadrant est également tout aussi mal payé. Or il faut impérativement faire appel à d'autres professionnels que ceux qui ont déjà des obligations lourdes à assumer psychologiquement. En outre, cela entraîne une surcharge impressionnante de travail de gestion et d'organisation pour les Principaux et il est parfois difficile de donner un contenu efficace en termes de stratégies de contournement.*

Deux solutions pragmatiques s'imposent pour que se développe l'Ecole Ouverte : tout d'abord mieux rémunérer l'encadrement de ces activités. La paix dans la rue a un prix. Ensuite créer des équipes de deux personnes gérant le dispositif AVEC le Principal de chaque établissement. Le premier assumerait la gestion administrative, le second l'animation. La création de ces équipes soulagerait les Principaux réticents (on les comprend ! Le surcroît de boulot administratif est vraiment lourd) et permettrait un transfert plus rapide des bonnes stratégies de contournement.

3ᵉ point. Développer le tutorat parental.

La plupart des adolescents qui ont recours à la violence vivent dans des familles qui ne peuvent plus leur apporter les repères éducatifs et le soutien qui leur sont indispensables. Créer des groupes de « parents tuteurs » dans les établissements est une réponse efficace. La fonction de ces tuteurs volontaires serait d'aider le jeune dans le suivi de ses leçons et de dialoguer avec lui pour prévenir les dérives possibles.

Les établissements pourraient passer des conventions avec les représentants des parents d'élèves dont l'objet serait de mettre en place ce tutorat. Les moyens à dégager pour ce programme sont minces au regard de leur effet de levier.

4ᵉ point : créer des rites scolaires impliquant les familles.

Un trop grand nombre de familles ne se sentent pas chez elles dans l'établissement de leur enfant. Il faut qu'elles puissent s'y rendre sans appréhension, afin d'introduire plus de cohérence entre ce qui se passe à la maison et dans l'école.

Plutôt que d'envoyer les bulletins scolaires par la poste, certains collèges organisent une cérémonie de remise des bulletins aux parents sous forme de goûter. Cette pratique est festive, efficace pour empêcher les gamins de familles non francophones de traduire n'importe quoi à leurs parents ; et elle permet de renouer avec les familles en cours d'année.

Cette disposition simple devrait remplacer le traditionnel envoi des bulletins par la poste. On éviterait ainsi que les parents ne se rendent au collège pendant l'année que lorsqu'il y a un problème, à la suite d'une convocation.

5ᵉ point. Associer les élèves aux décisions d'orientation.

Inviter chaque élève aux délibérations du Conseil de Classe qui le concerne. Cette idée simple — mais révolutionnaire pour bon nombre d'enseignants — a systématiquement diminué la violence qui précède habituellement les Conseils de Classe. On évite ainsi que se développe une paranoïa pendant les semaines d'anxiété qui se situent avant les décisions d'orientation.

Il conviendrait d'assurer la promotion de cette pratique très efficace qui n'a aucun coût. Cependant, cette invitation devrait être un droit pour les élèves et non une obligation. Il faut généraliser cette pratique avec prudence ; car le risque de représailles sur les personnels parlant à découvert devant certains caïds ne doit pas être sous-estimé. D'autre part, les réticences des enseignants aboutiraient à transformer les Conseils de Classe en parodie. Néanmoins, ce droit accordé aux élèves doit devenir peu à peu la norme.

6ᵉ point. Rendre systématique l'exclusion-inclusion.

Plus un élève est exclu plus il doit être l'objet d'attention ; ce principe doit être mis en œuvre de façon systématique pour que l'exclusion ait une portée éducative. Quand un jeune est viré de la classe, il faut qu'il soit pris en charge par un adulte (aide-éducateur, CPE, etc.) qui l'intègre dans un tout petit groupe pour faire son travail. Il ne doit en aucun cas traîner dans la cour ou dans les couloirs. Dans la même logique, un élève exclu huit jours ne doit pas être laissé à lui-même. Il faut pratiquer l'exclusion-inclusion : être viré doit signifier que l'élève est exclu du fonctionnement normal de l'établissement mais qu'il reste pris en charge par ce dernier, de façon quasi individualisée. Soit à l'extérieur, dans un dispositif du type de celui évoqué dans le 1ᵉʳ point, soit à l'intérieur du collège.

7ᵉ point. N'enfermer aucun élève dans l'échec.

L'échec scolaire est générateur de frustration et de révolte. Pour mieux prévenir les difficultés, il faut constituer des classes à effectifs réduits. Ces dispositifs doivent pousser très loin la logique d'un enseignement presque individualisé et mettre en œuvre des pratiques pédagogiques spécifiques, telles que les techniques d'apprentissage du français langue étrangère. Mais attention, aucune classe ne doit être conçue comme une classe-poubelle qui n'offre aucun avenir. En cours d'année, par son effort, un élève en progrès doit pouvoir réintégrer le cursus classique, grâce à des systèmes de passerelles. Inversement, un élève en difficulté doit avoir la possibilité de faire un séjour dans une classe de soutien.

La méthode la plus efficace que nous ayons observée est de créer une classe à pédagogie adaptée qui implique les mêmes profs qu'une classe banale. Tout élève peut ainsi basculer d'une classe dans l'autre à la fin de chaque trimestre, en conservant les mêmes enseignants.

8ᵉ point. Faire du « sur mesure » ambitieux.

Les équipes pédagogiques doivent avoir la possibilité d'alléger à la carte le programme de certains élèves, en tenant compte de leurs carences, de leurs aspirations et des matières dans lesquelles ils se sentent sécurisés. Ce pouvoir — qui n'existe que très peu actuellement — doit impérativement être donné aux équipes si l'on veut diminuer la violence que les programmes infligent à certains élèves et obtenir de ces derniers une meilleure adhésion à ce qu'ils font. L'idée est de construire avec eux un projet de formation avec des étapes qui, une fois atteintes, leur redonnent confiance. Certains pourront ainsi retrouver l'espoir de suivre des filières classiques ou professionnelles. Pour les autres, mieux vaut être impitoyable sur le socle des savoirs indispensables et leur proposer un autre type de suivi. Naturellement, ces allégements doivent rester exceptionnels.

9ᵉ point. Proposer un avenir concret à tous les élèves.

Le collège doit définir un projet avec tous les élèves, y compris avec ceux qui décrochent complètement. En dépit de tous nos beaux discours, ces adolescents sont une réalité et posent d'énormes difficultés de comportement. Les classes-relais à effectifs très réduits, nommées parfois «classes découverte des métiers», avec des stages en entreprises et des programmes adaptés ont une existence qui reste marginale et qui n'est pas toujours régie par des textes. De telles classes fonctionnent actuellement dans l'illégalité, avec les félicitations des plus hautes autorités de l'Etat quand elles en ont connaissance! Car ces classes apportent une réponse concrète à des problèmes insolubles si l'on respecte les règlements à la lettre. Il faut que cette situation absurde cesse.

Le ministre pourrait autoriser et encourager cette pratique qui se heurte actuellement à l'interdiction de proposer des stages à des adolescents de moins de quatorze ans. Ce verrou légal doit être aménagé si les stages sont intégrés dans une démarche pédagogique pilotée par l'équipe d'un collège.

10ᵉ point. Adopter une véritable stratégie de changement.

L'Education nationale regorge d'expériences innovantes; mais l'institution n'a jamais su diffuser efficacement les meilleures pratiques. Quelles troupes mobiliser pour que se réalise au mieux cette propagation, et quelle stratégie adopter pour être entendu par des équipes en souffrance, souvent rétives aux suggestions extérieures car elles ont déjà tenté bien des choses. Bref, qui doit faire ce boulot et comment s'y prendre dans un milieu hypersensible?

Au mois de septembre 2001, le Rectorat de Versailles s'est lancé dans une expérience, celle du Centre Académique d'Aide aux Ecoles et Etablissements. Le CAAEE, fort de quinze personnes, dispose d'un vaste réseau de *braves gens* issus de l'Education nationale, bien formés, regroupés au sein de *Groupes d'appui* qui interviennent dans les établissements en crise qui en font la demande.

Toute l'intelligence tactique du CAAEE est là : pour mettre en place les outils de prévention de la violence, ils attendent que les établissements soient en demande de solutions. Intervenir à froid, lorsque tout va bien, ne fait que réveiller les résistances au changement. On utilise alors la crise comme facteur d'évolution.

Le ministre de l'Education serait bien inspiré de généraliser ce type de démarche dans tous les Rectorats. La plupart d'entre eux disposent déjà de systèmes plus ou moins équivalents, mais moins complets et dont l'action obéit à une stratégie moins clairement définie.

11ᵉ point. Développer les pratiques démocratiques dans les collèges.

Vivement préconisées par l'institution, les pratiques démocratiques restent le plus sûr moyen de canaliser la violence. Mais l'expérience montre qu'il convient d'être méthodique lors de leur mise en place. En premier lieu, il faut préparer les enseignants à l'idée que les élèves peuvent s'exprimer sans les agresser, dans la mesure où l'on fixe des cadres précis. Il convient également de leur faire sentir à quel point le refus d'expression constitue une menace latente pour le collège.

Créer des Ateliers de Libre Expression dans chaque établissement nous paraît donc une nécessité. La notion de liberté ne signifie pas ici ouvrir la porte à l'incivilité et au n'importe quoi. Au contraire, il s'agit de former les jeunes à la citoyenneté en les faisant participer de façon active et reconnue à la vie de l'établissement. On obtient ainsi plus facilement son accord sur les principes de vie commune.

Le Ministère pourrait réunir un ensemble de professionnels qui rédigeraient une charte codifiant ces pratiques démocratiques. L'objectif de cette charte serait simple : définir des protocoles aidant les élèves à s'imprégner de l'idée de règle.

12ᵉ point. Faire circuler l'information entre les collèges qui traversent des difficultés.

Tout au long de nos travaux, nous avons été frappés par l'isolement des établissements en crise et par leur ignorance des solutions imaginées par les équipes des collèges voisins.

Il nous est apparu que les équipes en crise communiquent mieux en mettant en commun leurs souffrances que leurs réussites. L'idée même qu'il y ait des solutions les renvoie parfois trop durement à leur impuissance ; et on les comprend car la tâche est parfois très rude. Il serait donc judicieux de ne pas heurter les sensibilités des intéressés en proposant une démarche trop ouvertement positive. Nous suggérons de créer un site internet ouvert à tous les enseignants et collèges désireux de partager leurs difficultés. La particularité de ce site serait d'être axé sur les pratiques des uns et des autres. Il proposerait une solidarité concrète entre les personnels.

On le voit, les solutions ne sont pas bien loin : elles se trouvent toutes au sein même de l'Education nationale ! Mais il faut une volonté ministérielle claire et une véritable implication de l'ensemble des citoyens et des élus pour les activer. Les politiques qui suivront ces chemins pragmatiques pourront récupérer une partie de la demande sécuritaire que les Français expriment en ce moment. C'est là tout notre désir. Au-delà des clivages réels droite-gauche, il nous paraît raisonnable de vaincre la violence dans les collèges avec des moyens éprouvés et non des slogans qui ne recouvrent aucune pratique effective.

Impression réalisée sur CAMERON par

BUSSIÈRE CAMEDAN IMPRIMERIES

GROUPE CPI

*à Saint-Amand-Montrond (Cher)
pour le compte des Éditions Grasset
en mai 2002*

N° d'Édition : 12398. N° d'Impression · 21791-021523/4.

Imprimé en France

ISBN 2-246-63791-0